MARCIAL LAFUENTE
ESTEFANIA

**MUERTES
POR
MUERTES**

Quedan rigurosamente prohibidas, sin la autorización por escrito de los titulares del copyright, bajo las sanciones establecidas en las leyes, la reproducción total o parcial de esta obra por cualquier método o procedimiento, comprendidos la reprografía y el tratamiento informático, así como la distribución de ejemplares de ella mediante alquiler o préstamo público.

© **Debuks Gestión Editorial, S.L.**
   Contacto: info@debuks.es
   Diseño Cubierta: DEBUKS GESTIÓN EDITORIAL, S.L.
   Depósito Legal: M-8574-2021
   Fotocomposición: DEBUKS GESTIÓN EDITORIAL, S.L.
   Impreso en España - *Printed in Spain* **2021**

CAPITULO PRIMERO

Clifford Dawson, acababa de poner la puerta a la vivienda que había construido él solo en los tres meses que tenía de libertad, fuera de la caza en la temporada. La vivienda era una obligación que tenía para dar valor a la opción sobre los terrenos elegidos, de los que las autoridades de Montana, con vistas a la colonización de sus tierras, ponía a disposición de los posibles habitantes de esa parte del estado. Con objeto de atraer posibles colonos, las parcelas eran muy extensas.

Había mucho miedo en esa zona ante el temor de que se repitiera la tormenta de 1.886 que barrió toda la zona y en la que murieron centenares de personas y millares de reses. El éxodo entonces fue casi general.

La huida llegó hasta el río Cimarrón, en Kansas, pero en el terreno quedaron enterrados en nieve y hielo ganados y personas.

Para estimular contra ese temor, las parcelas eran de una extensión importantísima; como no se ofrecieron en todo el vasto Oeste hasta entonces. Y como eran millares y millares de acres, el precio de las opciones era de gran importancia en metálico. Lo que hacían, era admitir una parte proporcional a la totalidad, con un año de plazo de un pago a la liquidación total.

Clifford y su socio en la caza, Glen Potter, que habían hablado de hacerse con una de las parcelas, decidieron visitar el fuerte donde el delegado estatal pasaba dos semanas con los planos a la vista, en espera de posibles clientes.

En Helena calcularon con arreglo a la parcela elegida la

cantidad de dólares que debían entregar como primer pago. Y al año justo debía terminarse de pagar.

Bien entendido que, si pasada esa fecha no se liquidaba, perdían lo entregado como primera paga. Y debían demostrar que habían levantado una vivienda. Y para evitar posibles especulaciones, el titular de la opción no podía vender a terceras personas en un plazo no menor a cuatro años.

Clifford, que en sus relaciones con Glen Potter, su socio, nunca habló del pasado de cada uno, dijo que él se encargaría de visitar el fuerte y consultar el plano de las distintas parcelas disponibles. Que en la época en que hablamos se había extendido más de dos opciones.

Una vez en el fuerte y ante el delegado de Helena, consultó el plano que estaba expuesto sobre el muro de un despacho que utilizaba ese delegado y tras una detallada consulta, eligió la sección C, que comprendía un cuadro de nueve millas de lado.

El delegado y los militares que le acompañaban y si era preciso le ayudaban, admiraron la facilidad de Clifford para hacer una copia exacta de esa sección y tras entregar los cinco mil dólares exigidos como primer pago, pidió que el delegado y el jefe del Fuerte, firmaran la copia hecha por él.

—En este año, cuando vengan a liquidar los diez mil dólares restantes, ha de tener una vivienda levantada. La elección de esa vivienda es asunto de ustedes —dijo el delegado—. Y tendrán que demostrar de modo indudable que se trata de una vivienda, no de una cabaña.

Clifford se quedó mientras Glen volvía a la caza en la montaña, para construir la vivienda. Glen marchó confiado.

En la copia del plano, Clifford señaló los límites de este terreno en los laterales que correspondían a las secciones A y D.

Una vez terminada la vivienda y mientras acudía Glen al terminar la época de caza, Clifford se entretuvo en hacer mesas, sillas, armarios y camas. Madera tenía en cantidad y en el pueblo más cercano había adquirido la herramienta que le iba a ser necesaria.

El pueblo cercano a la factoría de Guy Lattimer, era Glasgow, que figuraba en el trazado del Gran Pacífico Norte, en el que se estaba trabajando en la parte de Dakota Norte. Esta era una de las razones por las que Clifford eligió la parcela C del conjunto que había libre. Y razón de los promotores de Helena para impedir la especulación cuando el ferrocarril entrara en Montana.

Cuando Glen, al terminar el invierno y presentarse con una buena carga de pieles, que llevó a la factoría de Lattimer, dijo al factor qué dinero les quedaba en la cuenta de las pieles. Y al saber que tenían suficiente para liquidar la opción, dijo a Clifford que debía ir a efectuar el pago de la totalidad que restaba.

El factor le dijo que debía ir a Helena para hacer esa liquidación, llevando el recibo de la opción y la copia del plano que él hizo.

—Es que no me gusta lo que se habla —dijo.

—¿Por qué no nos dices lo que pasó...? —pidió Glen.

—Es que el ayudante del delegado, que es el que ha venido ahora, es muy amigo de un ganadero que no agrada en el contorno. Y parece que han hablado de dificultades sobre vuestra opción. Por eso, creo que debéis ir a Helena y hacerlo en la dependencia oficial en efecto.

—Tenemos mucho tiempo aún —dijo Clifford—. Podemos esperar a que sea el delegado que venga. El que recibió el dinero y firmó con los del fuerte la opción que poseo.

—Pero dinos la verdad de lo que sucede... —insistió Glen, que era el que llevaba más tiempo entregando sus pieles en la factoría.

Clifford se unió a él dos años más tarde, y ya llevaban tiempo entregando grandes partidas de pieles. Habían encontrado el cazadero ideal.

—No me gustan los comentarios que se están haciendo en Glasgow sobre la cantidad de pieles que entregáis. Repito que no me gusta... Están creando un ambiente de desconfianza que no me agrada nada. Han venido dos ayudantes del delegado que están juntos muchas horas del día con vaqueros de míster Brown, que ha pagado la opción a la parcela B, que limita con la vuestra.

—7

Clifford hizo ir a ver la vivienda a Lattimer y a Glen. Los dos expresaron su asombro y felicitaron a Clifford.

—Elegí el epicentro de la propiedad, así estamos a la misma distancia a cada una de las parcelas que nos rodean.

Al día siguiente, llevó al *sheriff*, que también admiró lo que había hecho Clifford.

No habían ido muchas veces por el pueblo. Eran, por lo tanto, poco conocidos. Y llamó la atención su presencia en el local al que les llevó el *sheriff*, que saludaba a los clientes.

El *barman* miró intrigado a los dos cazadores, por desconocidos para él y por la estatura de los dos.

Pidieron de beber y cuando les estaba sirviendo el *barman*, dijo un vaquero que se levantó de la silla en que estaba sentado para decir:

—¡*Sheriff*! ¿Son éstos los cazadores que traen a Lattimer tantos fardos de pieles?

—¿Por qué no nos preguntas a nosotros? —dijo Glen.

—Es que el *sheriff* es la autoridad del pueblo. Y los cazadores están sorprendidos de que se pueda cazar tanta piel en tan poco tiempo. Ellos cazan menos.

—Tendrán peores cazadores que los nuestros. Y hay que tener en cuenta que somos dos y ponemos más trampas...

—Tenéis suerte de que yo no sea el *sheriff*.

—¡Muy curioso...! —dijo Clifford—. ¿Qué pasaría de ser tú el *sheriff*?

—Que aclararía por qué traéis tanta piel...

—No se trata de un secreto. Porque ponemos muchas trampas y estamos en una zona muy poblada de esos animales. ¿Por qué no habláis con Lattimer?

—El factor es amigo vuestro...

—¿Qué te parece, Glen...? ¡No me gusta ese charlatán! Parece que no se atreve a decir lo que sin duda está pensando. ¿O te huele a cobarde?

—¡Eso es! ¡Yo me estaba preguntando a qué olía este muchacho! No hay duda que es a eso a lo que huele. *Sheriff*, como autoridad como dice ese cobarde que es usted, ¿quiere preguntarle qué es lo que ha tratado de decir? Le advierto, *sheriff*, que le voy a matar. Porque está tratando de decir a todos éstos que robamos pieles. Y eso ha de saber que es muy serio. Pero eso sí, como sabes que te voy a matar, lo que debes hacer es defenderte y ser lo más rápido que hayas sido en tu vida.

—¡Héctor! ¿Por qué has dicho eso? —dijo el *sheriff*.

—Es lo que ha comentado el ayudante del delegado, míster Rocking...

—Pero sabes que Lattimer ha dicho que cada cazador tiene su forma de enfardar, y que estos muchachos hace tiempo que lo hacen igual. No vuelvas a hablar así.

—Lo siento, *sheriff*, pero este cobarde no podrá hacerlo otra vez. No hablo por hablar. He dicho que lo voy a matar.

—¡Y no intente impedirlo! —dijo Glen.

El *sheriff* se daba cuenta de que esos dos cazadores eran un peligro enorme.

—¡Os pido perdón! ¡No quería ofenderos! —dijo el llamado Héctor con las manos sobre la cabeza.

—Creo que es mejor que marchemos —dijo Clifford. Y se volvió de espaldas llevándose a Glen.

Pero al andar dos pasos se volvió con rapidez.

—¡Sabía que iba a traicionar! —dijo Clifford al disparar sobre el cobarde que ya tenía el Colt empuñado para disparar a la espalda de los dos.

—¿Qué opina, *sheriff*?

—Está bien muerto. ¡No hay duda que les iba a traicionar y acababa de pedir perdón!

Al salir los dos amigos, los comentarios eran de censura para el cobarde que iba a disparar a espalda de ese cazador.

—Le tendió una trampa, para demostrarnos que era un cobarde, y ha caído en ella. No se dio cuenta que estaba pendiente de él.

Uno de los testigos montó a caballo y marchó al rancho de Brown.

—¡Hola, Marlon! —dijo el ganadero saludando al jinete que desmontaba—. ¿Vienes del pueblo?

—¡Sí!

— 9

—¿Es verdad que esos dos cazadores que roban pieles están en el pueblo?

—¿Quién ha dicho que esos dos muchachos roban pieles?

—Lo están comentando los ayudantes del delegado que han venido a sustituirle.

—Yo te aconsejo que no hables así delante de ellos. Por hacerlo, ha muerto Héctor.

El ganadero visitante explicó lo sucedido.

—Así que Héctor no era más que un charlatán. Pidió perdón. ¿Es posible?

—Y después iba a traicionar...

—Está bien muerto por cobarde.

—Esos ayudantes del delegado tienen en contra al que podía demostrar que lo que dicen es verdad, y lo niega con firmeza y de manera rotunda. ¿Por qué esos que vienen de Helena hablan de que esos cazadores roban pieles?

—Porque son muchas las pieles que venden.

—Lattimer dice que hace cuatro años que están vendiendo las mismas pieles.

—¿Qué es lo que buscas con esas acusaciones que sabes son falsas?

—Yo no busco nada. Son esos ayudantes los que dicen que no pueden tener opción a estas tierras los ladrones y criminales.

—¡Ah...! ¡Es eso! Creo que ha elegido malas víctimas. Y mal enemigo. ¿Es que le gusta la parcela elegida por esos cazadores? ¿Por qué no la eligió antes que ellos?

—Si roban pieles, esa opción queda sin efecto, y el delegado me dijo que sería para mí si pagara lo que corresponde.

—Pero la opción la tienen esos dos muchachos. Que han empezado matando. Y que no creo se detengan. Harán lo mismo con cada uno que haga una nueva alusión al exceso de pieles. Que hace cuatro años entregan cantidades similares.

—Yo fui cazador. Y entiendo de eso —decía Brown.

—Yo entiendo de personas. Si dice algo en ese sentido a esos muchachos, no llegará usted a viejo. ¡No lo olvide!

Y el ganadero Marlon montó a caballo y se alejó.

—Querías adelantarte a mí en pedir esa parcela. ¿Es que crees que no lo sé? —decía mirando al que se alejaba.

Clifford decía a Glen cuando cabalgaban hacia el refugio de la montaña:

—Tratan de buscar algo que impida la liquidación de la opción. Los ladrones no pueden comprar tierras.

—Para evitar una matanza, voy a ir a Helena a liquidar.

—Creo que haces bien; vamos a que Lattimer nos entregue el dinero que nos debe.

Al otro día, Clifford cabalgaba para ir a la posta donde dejaría el caballo para seguir en diligencia.

Iba pensando en la razón de buscar una acusación tan grave y tenía que coincidir con Glen. Con esa acusación se complicaría lo de la opción.

Una vez en Helena no perdió tiempo. Fue directamente a la dependencia oficial encargada de ese asunto.

Hombre previsor, llevaba documentos firmados por Lattimer como testigo, y el *sheriff* como autoridad, de que la vivienda estaba construida.

No tuvo la menor dificultad. A los dos días abandonaba Helena y llevaba consigo la certificación de haber liquidado el importe de la parcela.

El delegado que estuvo en el fuerte y en Glasgow, le saludó, y al saber que había allí quienes se decían ser ayudantes de él, confesó que no eran ayudantes. Que habían estado con él en el viaje anterior, pero que ya no trabajaban para él ni para el estado de Montana.

Una vez cerca del refugio, después de haber recogido el caballo dejado en la posta, marchó al encuentro de Glen.

Había pedido al delegado un documento oficial en el que se decía que eran propietarios de pleno derecho, de la parcela C, con detalle de los límites y la extensión total.

Fue directamente al refugio, siendo asaltado por los perros que no hacían más que saltar y que no le hicieron caer de verdadero milagro.

Glen estuvo leyendo los documentos que llevaba y reía de buena gana.

— 11

—Así que esos que se hacen pasar por ayudantes del delegado, no son nada de eso.

—En absoluto. Han quedado en notificar al *sheriff* que son unos usurpadores, y que deben ser detenidos y comunicarlo a las autoridades de Helena.

—Para nosotros, basta con saber que no son autoridad alguna. Y si siguen haciendo pensar que robamos pieles, los vamos a arrastrar. Y a los ganaderos que se hicieron y se hacen eco de lo que nos coloca como ladrones de pieles. Y el temor que tengo es que haya algún cazador que diga le faltan pieles. En ese caso, no creerán al factor, y pueden provocar una estampida. Hay que cortar todo brote de provocación a base de falta de pieles. Los que hablen de su sorpresa sobre las pieles entregadas en la factoría...

—Hay que ir por el pueblo para que no siga la campaña por falta de oposición.

En el pueblo, los vaqueros de Brown seguían con los comentarios de dudas.

Clifford no estaba de acuerdo con esa campaña.

En el fuerte, el mayor les dio cuenta de quiénes eran los que comentaban la extrañeza que producía a los cazadores que se pudiera entregar tanta piel como entregaban ellos.

De esa extrañeza a la acusación del robo de pieles había poca diferencia.

El local más frecuentado por la mayor parte de la población era el de Sam, que llegó poco más de dos años antes. Estaban conversando los clientes sobre el clima que iba enfriando el ambiente. Y que los entendidos aseguraban que no iba a tardar mucho en volver a nevar.

Al entrar los dos amigos dejaron de hablar, y eso que no se referían en ese momento a ellos. Pero sabían que era donde más se comentaba el asunto de las pieles.

Una fuente de información era la hija de Lattimer, que estimaba mucho a los dos amigos y socios.

Un cazador, andaba tras de Dyane y cuando bajaba de la montaña y de sus cazadores, solía decir que esa muchacha era cosa suya, y que no permitiría se le acercaran algunos.

La muchacha estaba cansada de las tonterías que decía, y

al darse cuenta de que hablaba en serio, le llamó la atención diciendo:

—Escucha, Silver... Creí que estabas bromeando con todo eso que dices de que soy asunto tuyo y que arrastrarás al que se acerque a mí... Pero veo que no es broma sino que hablas en serio. Y todas esas tonterías que dices han de terminar. Ni estoy «marcada» con tu hierro, que es lo que sueles decir, ni soy una res. ¡No me interesas en absoluto...! No debes seguir diciendo lo que no es cierto ni será.

El llamado Silver reía mirando a la muchacha.

—Ya verás como no se acercan a ti. Saben que el que lo haga será colgado. Tu padre tendrá mucho cuidado y velará por que no se te acerque cazador o vaquero.

—¡Tienes que estar loco! Tendré que pedir al *sheriff* que se ocupe de ti. O al mayor Gordon. Ya he comentado con él lo que andas diciendo, y me ha dicho que se encargará de ti. Le aseguré que te iba a hablar y añadí que esperaba cambiaras después de hablar contigo.

—Si quieres a tu padre, espero que ni el *sheriff* ni el mayor me digan nada...

Tenía mal carácter ese cazador cuando entraba en la factoría, y llamaba a la muchacha para que fuera ella la que contara sus pieles. El padre de Dyane no concedió importancia a ese deseo, pero sin sospechar que había intención por parte de él.

— 13

CAPITULO II

Sam saludó a los dos, y añadió:

—Pronto tendréis que recurrir al trineo... Hablaban en el fuerte de que iban a hacer uno, porque no cabe duda de que es eficaz. Sois los únicos que en plena tormenta y con el piso helado, podéis moveros con facilidad y rapidez. El herrero dice que hacer un trineo después de ver el vuestro, es cosa fácil. Lo que ya no es sencillo es hallar los perros capaces de arrastrarlo. ¿De dónde son esos animales vuestros?

—Creo que son oriundos de Alaska, pero se crían también en Canadá. Por el Yukon. Los tramperos que viven junto a ese río en la parte Norte, se mueven a base de trineo y perro. De aquella zona gélida son los perros que tenemos.

—Es una raza especial. Y ellos os permiten moveros cuando los demás hemos de estar en locales como éste y dejando que los dueños, como Sam, se hagan ricos. Con el trineo podéis recorrer la montaña y visitar los cazaderos ajenos. ¿Verdad?

—¡Quieto, Glen! Se está dirigiendo a mí. ¿Verdad, cobarde?

Los clientes se separaban del vaquero de Brown, que era el que hablaba. Que al darse cuenta de que estaba aislado, se preocupó. Y miraba en todas direcciones, nervioso.

—Así que con el trineo, podemos recorrer los cazaderos de los demás. Y sin duda quitar las piezas que estén en las trampas de los otros. ¿No es eso lo que tratabas de hacer ver?

—No creáis que Martin está solo —dijo otro de los clientes—. Lo que se ha dicho es lo que los ayudantes del delegado han dicho, y se va a anular la opción que tenéis porque los ladrones de pieles no pueden tener opción... Mi patrón será el que se haga cargo de esos terrenos que pensabais tener, y que son los mejores de toda la frontera. Va a ir a Helena mi patrón... y allí se cambiará todo.

—¿Quiénes dices que lo han dicho? Esos que por ahí dicen ser ayudantes del delegado están mintiendo. No trabajan con él, y el *sheriff* de aquí recibirá la orden para que se les detenga.

—Pero estos dos no lo van a ver —dijo Glen sonriendo.

—No hay duda de que supisteis elegir las mejores tierras con bosques que valen una fortuna... Pero no será para vosotros. Y habrá que daros las gracias porque habéis hecho una vivienda admirable con muebles prácticos. Mi patrón quedó asombrado.

—Y espera vivir él allí, ¿no es eso? Se lo han prometido esos dos ayudantes del delegado. ¿No es así? Si es lo que le han ofrecido, han debido aclarar que esa tierra será una tumba para él. Para que todos en este pueblo lo sepan, esos terrenos ya están registrados en Helena como de nuestra propiedad. Hemos liquidado el total que faltaba. Y como no quiero tener que seguir matando, podéis ver los documentos en los que se dice lo que estoy afirmando.

—Si llevas la mano al bolsillo... —decía uno de los dos vaqueros, buscando el Colt.

—Si sabían que los dos eran novatos, ¿por qué habrán intentado sorprender? Trataba de evitar tener que matar. Tengo aquí los documentos... —dejó de hablar al ver entrar al mayor con un terrateniente—. No sabe lo que me alegro de que haya entrado. He tenido que matar a esos dos cobardes.

Explicó lo que pasaba y entregó los documentos al mayor.

—No hay duda. Escritura de propiedad a nombre vuestro por haber pagado el resto del importe que estaba garantizado por la opción entregada no hace el año aún.

Varios clientes decían:

—¿Es eso verdad?

—¡No hay duda, muchachos! Estos son documentos oficiales firmados en Helena.

— 15

—Pero si esos ayudantes...

—No existen ayudantes del delegado —dijo Clifford—. Los que se hacen pasar por ayudantes, son unos embusteros que se dedican al engaño y a la estafa, porque hacen creer que el dinero que les sacan sirve para tener terrenos aquí. Me dijeron que iban a telegrafiar al *sheriff* de aquí para que se les detenga si andan por esta zona, y que se dé cuenta a las autoridades de Helena. Quiero que todos se enteren de que esos terrenos nos pertenecen oficial y legalmente a nosotros. Que no haya necesidad de imponer con plomo la realidad.

Los dos amigos marcharon con los militares. En la puerta se encontraron con el *sheriff*, que dijo:

—Han ido a dar el aviso de que han matado a dos vaqueros de Brown...

—Les hemos tenido que matar nosotros.

Y explicó con detalles Clifford lo sucedido. Y entregó los documentos extendidos en Helena.

—Son esos ayudantes del delegado los culpables.

Aclaró Clifford lo que le dijo el delegado en Helena.

—Si dijeron que me iban a telegrafiar, es muy extraño que no lo hayan hecho.

—¿Por qué no hace una cosa? Telegrafíe desde el fuerte al fiscal y al delegado. Si se les olvidó servirá de recordatorio.

Coincidió el mayor y al llegar al fuerte telegrafiaron a las autoridades de Helena.

Era ya de noche cuando llegaron las respuestas. En ellas se repetía el telegrama cursado tres días antes. En el que se ordenaba al *sheriff* la detención de los que decían ser ayudantes del delegado de Colonización.

El *sheriff*, acompañado por el teniente, estuvieron en la Western del pueblo. Uno de los empleados confesó haber sido amenazado por esos ayudantes para ocultar esos telegramas. Y al ir a detenerles en la casa en que se hospedaban, supieron que hacía tres días que no habían vuelto por allí.

—¡Han escapado...! —exclamó el *sheriff*—. Y han debido estafar a varios. Seguro que ha sido Brown el que más ha debido pagar. Le hicieron creer que se podía anular la opción

16 —

que tenían ustedes... Le han debido sacar bastante, aunque no lo voy a confesar.

Brown estaba furioso por la muerte de los dos vaqueros de su equipo. Fue al local de Sam para informarse de lo ocurrido. Los que fueron testigos le hicieron saber que la culpa fue de ellos por considerar al enemigo inferior a ellos.

—Esos ladrones de pieles...

—Escucha, Brown —dijo Sam—. Olvida lo de ladrones de pieles. Han liquidado el resto y esos terrenos están registrados en Helena a nombre de esos dos cazadores. No hay posibilidad de evitarlo.

—¡No es verdad!

—Ha mostrado aquí los documentos y en Helena le dijeron que esos ayudantes que dicen trabajar con el delegado, desde que estuvieron aquí con el delegado no han vuelto a trabajar con él. Y ha añadido el cazador que las autoridades de Helena le hicieron saber que iban a dar la orden al *sheriff* de aquí para que sean detenidos los dos dando cuenta de ello a las autoridades de Helena.

—¿Es verdad eso?

—Estoy seguro que lo es. Así que olvida esos terrenos...

—Me han engañado esos granujas. Me aseguraron que se podía anular la opción si se demuestra que son ladrones de pieles. ¡Cuando les vea!

—Parece que marcharon hace tres días.

—¡Malditos!

Los dos amigos pensaron en la necesidad de estar unos días en el nuevo rancho y en el que había bastante ganado de ganaderos vecinos.

Clifford dijo que era preferible que fuera el *sheriff* el que se encargara de hacer saber que esas reses debían ser sacadas de esos pastos.

El primero de los ganaderos visitados, fue Brown. Que miraba al comisario del *sheriff* nombrado una semana antes por indicación del Consejo Municipal. Decisión tomada ante la noticia de que los del ferrocarril estaban cerca para entrar en los terrenos de Montana.

—¿Por qué saben que mi ganado no está en pastos que

— 17

me pertenecen? ¿Es que no sabes que soy el que tiene la opción, pagada ya, que se conoce como la B?

—Esos cazadores hicieron un plano que está firmado por las autoridades de Glasgow y por los militares de Fort Peck... No se puede negar. El plano firmado por autoridades y vecinos de propiedad, es de una fuerza enorme. Así que lo que debe hacer es sacar ese ganado de los pastos que pertenecen a la Sección C.

—Hablaré con el *sheriff*.

—Es el más convencido de que el ganado está en pastos que pertenecen a esos cazadores y el hecho de no tener aún ganado no es razón para que ganado extraño les aproveche y que cuando traigan su ganado se encuentren sin pastos.

—He dicho que yo hablaré con el *sheriff*.

Se informó el *sheriff*, que comentó:

—Ese tozudo no perdona que fallara la acusación de que eran ladrones de pieles y ha llevado el ganado que tiene a esos pastos, para provocar. Ese cazador llamado Clifford ha comprendido la razón. Y sospecho que le va a costar la vida a Brown. Esos muchachos son justos, pero si han de matar, lo hacen. Ese es el error de Brown, que ha de estar furioso por no haber conseguido la mejor parcela de todas las que había libres. Odia a esos cazadores. Que no quieren seguir matando y que les van a obligar a tener que hacerlo. Ese cazador me decía que lo que trata de hacer es que vayamos a sacar nosotros ese ganado y aprovechar para disparar sobre ellos.

Brown no vio al *sheriff*. Y no pensaba verle porque así el ganado podía seguir en esos pastos.

Pero no conocía a Clifford ni a Glen. Los dos se presentaron en el pueblo. Entraron en el bar-*saloon* de Sam. Que al verles entrar miró a la mesa en la que estaba el capataz de Brown con uno de los vaqueros de su confianza.

—Ahí están esos cazadores —dijo el capataz al vaquero—. Vamos a tener jaleo, pero es el patrón el que tiene que decidir.

—Lo que tenemos que hacer es acabar con ellos y en ese caso toda la C queda a nuestra disposición. Sólo en madera, han comentado que ha de haber más de un millón de dólares. Voy a avisar a esos dos que están jugando en esa partida.

No esperó el vaquero la conformidad del capataz. Se movió con naturalidad y se acercó hasta los vaqueros aludidos por él y les habló en voz baja. Pero Glen, que conocía al capataz, al ver que el vaquero se levantaba y se acercaba a los jugadores, sonreía el que los hablados por el que se levantó, miraban al mostrador.

—¿Qué miras? —dijo Clifford.

Explicó Glen lo que pasaba.

—Dime quiénes son esos que están jugando y que han sido hablados por ese cobarde. Parece que se obstinan en que sigamos matando.

Una vez señalados con toda discreción quiénes eran los dos jugadores y el vaquero que volvió a sentarse junto al capataz, dijo Clifford a Sam:

—Lamento volver a matar en tu casa. ¡Pero no es culpa nuestra! ¡Ya veo que sigues mirando al capataz de Brown...! No han mirado hacia tí para que les hagas señas que estamos aquí...

Sam perdió el color de su rostro, que se quedó como la nieve.

—¡Yo no pen... sa... ba... ha... cer... se... ñas. ..!

—¡Tu frente es una tentación para mis armas! —dijo Glen—. ¡Clifford! ¿Crees que fallaré...?

—¡No... son... jus... tos...! Yo... no... hi... ce... se... ñas...

—Desde que hemos entrado no has hecho más que mirar al capataz esperando que mirara al mostrador.

—¡No... es... ver... dad...!

—Tal vez tenga razón —dijo Clifford para tranquilizar al *barman*.

—Tenéis que creerme —dijo más tranquilo.

Dos clientes que estaban ante el mostrador se dieron cuenta de que algo pasaba al *barman* a juzgar por la palidez de su rostro y por lo que oían decir a ese asustado. Y lentamente se retiraban del mostrador.

Cometió un enorme error al moverse hacia un lado el *bar-*

— 19

man. No pensó en el espejo que tenía tras él y que esos dos cazadores por su estatura veían lo reflejado en el estante en que descansaban las botellas. Sonreía Clifford al descubrir en esa parte un Colt que había entre las botellas. Hizo seña Clifford a Glen que descubrió lo mismo que descubriera Clifford y en leve señal hizo saber a su socio que lo había visto.

Los dos dejaron que llegara a empuñar el Colt.

Cuando el *barman* consiguió empuñar y una cruel sonrisa se dibujó en sus labios. Su frente fue destrozada.

—¡Asómate al mostrador y di qué tiene el *barman* en la mano! —dijo Glen a uno.

El aludido obedeció. Y exclamó muy sorprendido:

—¡Tiene un Colt empuñado!

—Que estaba entre las botellas. Y por eso se movió hacia ese lado. ¡No pensó que el espejo que había a su espalda dejaba ver lo que hacía, y lo que había entre las botellas! ¡Podéis comprobarlo desde aquí!

Tres clientes comprobaron que era verdad, se veía todo debajo del mostrador. Los dos socios estaban pendientes de los vaqueros de la partida de naipes y del capataz y el vaquero que le acompañaba.

Sam, que estaba en sus habitaciones, al oír los disparos salió para ver qué había pasado.

Glen le dio cuenta de lo sucedido. Y comprobó que era cierto lo que intentó el *barman*.

—¡No lo comprendo! —decía—. ¿Por qué iba a usar el Colt...? Y no hay duda de que lo tiene empuñado. ¡No lo comprendo!

Pero un cliente lo aclaró:

—Tal vez ha sido porque han comentado que Brown ha de sacar el ganado que tiene en los pastos de esos dos. Fue vaquero de Brown, cuando ese ganadero llegó por lo de la opción de la parcela B.

—¡Estaba dispuesto a disparar sobre los dos! ¡Era un cobarde! —dijo Clifford.

Se levantaron los dos vaqueros que estaban jugando y se acercaron al mostrador.

—¿Por qué sabes que iba a disparar? El tener el Colt en

la mano pudo ser por moverlo si le estorbaba para coger una botella.

—¿Qué os encargó el vaquero que está con Piney? Le vimos hablar con vosotros. ¡Qué torpeza la vuestra al acercaros!

Los dos dispararon sobre los dos vaqueros y sobre el capataz y el que le acompañaba. Los cuatro tenían el Colt en la mano.

Sam miraba sin comprender. Ninguno de los cuatro llegó a poder disparar. Ninguno de ellos. Y tenían fama de veloces y seguros.

Al abandonar los dos el local, Sam seguía comentando su sorpresa.

—Estuvieron hablando con el *barman* que respondía asustado —dijo uno de los que se retiraron al darse cuenta de que algo sucedía para estar tan pálido el *barman*.

—Creo que Brown debe hacer salir el ganado que tiene en la parcela de esos dos.

El jinete que al salir del local montó a caballo, al llegar al rancho de Brown le dio cuenta de lo sucedido.

—Me parece una locura por tu parte, sostener ese ganado en pastos que sabes no te pertenecen. Te va a costar morir como han muerto esos cinco.

—¡Si son unos pistoleros, lo que tiene que hacer el *sheriff* es detenerlos y castigarlos! Son varias las muertes que han hecho esos dos cazadores.

—Para defender su vida. Es lo que debes añadir. Y si piensas que son unos pistoleros, ¿por qué les provocas? —decía el jinete—. ¡Saca ese ganado o te matarán!

Pero como era un soberbio, pensaba en los pasquines que a muchas millas de allí se hicieron sobre su persona. Y sonreía de una manera especial.

Al marchar el jinete, salió de la vivienda uno que le dijo:
—¿Qué ha dicho, Luke?
—Esos cazadores han matado a cinco. Y entre ellos a Piney.
—¿Es posible?

— 21

—Pero vamos a acabar con esos dos. Se han equivocado y lo vamos a demostrar los de este pueblo.

Minutos más tarde estaba reunido con el resto del equipo. Dio instrucciones de lo que tenían que hacer.

Acudieron al entierro de los amigos. Clifford y Glen no aparecieron por el pueblo.

Pero a los tres días, Dyane les decía que habían hecho entrar más ganado en los pastos que les pertenecían a ellos.

—Dicen —añadió ella— que han amenazado al *sheriff* y al juez. Que no piensan sacar de esos pastos el ganado... Han estado diciendo en el pueblo que vayáis vosotros a hacer salir esas reses...

—Trendremos que hacerlo si se obstinan en ello.

—¿Es que estáis locos? —decía Dyane—. Os estarán esperando escondidos entre las rocas. ¡Eso es lo que buscan que hagáis!

—No te preocupes, no pasará nada —dijo Glen sonriendo.

—Por lo que han comentado entre ellos y que he sabido por Lou, una de las dos empleadas de Sam, es posible que os cacen en la vivienda, que piensan incendiar.

—¡No es mala idea! —decía Clifford riendo.

—No es para reír... Lo que estoy diciendo es verdad. Están decididos a daros un disgusto. Parece que no quiere que hagan salir el ganado que tiene en vuestros pastos.

—Tendrán que sacar ese ganado. No pueden estar en terrenos que nos pertenecen.

Al quedar solos los dos socios, marcharon a la vivienda hecha en el rancho y los dos prepararon el rifle.

—Esperan que vayamos ciegos a hacer salir el ganado. Es cuando piensan disparar bien escondidos. Pero hay algo en lo que ellos no han pensado. ¡Los perros! Les vamos a situar bien agachados. No habrá ladridos. Habrá muertos...

—Pero debemos hablar antes con el juez y con el *sheriff*. También visitaremos al mayor Gordon. Quiero que quede constancia de que hemos acudido a todos.

—¡No hay que perder más tiempo! Les hemos hablado una vez. No hay por qué insistir.

—Debes hacerme caso...

Por fin fueron primero a hablar con el mayor al que le dieron cuenta de lo que les pasaba.

—Ya hemos hablado con el *sheriff* y con el juez —dijo Clifford—. Y lo que han hecho es meter más ganado; ahora parece que se ha sumado a las reses de ellos las de míster Curtix, que es el que tiene la parcela A. Afirman que las autoridades están asustadas por el equipo de esos ganaderos.

—Lamento que por haber llegado el nuevo coronel no puede intervenir. Es enemigo de la participación en asuntos que no tengan relación con los indios o puramente militares. He intentado hablarle de lo que sucede con esas opciones, hasta que se transformen en propiedades importantes.

—¡No se preocupe, mayor! No diga nada al coronel. Nosotros lo arreglaremos.

No aparecieron por el pueblo. Lou, la empleada de Sam, decía a una compañera:

—Estoy asustada... No me gusta que no hayan venido esos socios.

—Se habrán quedado en el rancho.

—Lo que tienen que hacer es comprar ganado.

—Es lo que dicen que van a hacer.

—Cuando tengan ganado tendrán que admitir algunos vaqueros. Ellos solos...

—Sobre todo porque uno de ellos seguirá acudiendo a su cazadero. Es un buen ingreso el que tienen con las pieles.

CAPITULO III

—Parece que la luz de la casa es un buen cebo... No hay duda que vienen decididos. ¿Has contado?

—¡Son nueve...!

—Hay que esperar que desmonten. Tratarán de acercarse andando ante el temor de que alguno de los caballos al piafar descubra su presencia. Así que se hayan alejado de los caballos y cuando lleguen a la altura en que están los perros agachados, se les ordena el ataque. No quiero que escape ninguno. Dispara primero a los caballos. Cuando queden sin monturas los perros entrarán en acción.

Los nueve jinetes se detuvieron a unas ochenta yardas de la vivienda. Y desmontaron. Hablaban en voz muy baja. Se referían a la luz que había en el interior de la casa.

Glen, por su parte, decía a Clifford:

—Me costó mucho enseñar a los perros. ¡Pero ahora por ejemplo van a ser unos justicieros...!

—El pasto seco y alto. Es el que debe intervenir. Vamos a provocar la estampida y las reses caerán reventadas antes de detenerse. Creo que será suficiente. Nada de matar... Este viento tan fuerte nos ayudará. ¡El sistema indio...!

Cada uno prepararon el arco que habían llevado con bastantes flechas de madera y en la parte de la fina lanza, iban unos trapos mojados en petróleo. Una vez bien encendidos, la velocidad en el aire ayudaba a la combustión. Nada más caer, el pasto ardía como pólvora. Y el viento ayudaba a la propagación velocísima.

El fuego avanzaba hacia el ganado de una manera veloz,

y los jinetes desmontados corrían desesperadamente porque el fuego les amenazaba. Los caballos huyeron y el ganado, espantado, emprendió la carrera en la que intervenían todas las reses.

Cuando llegaron al pueblo sin caballos estaban agotados. El fuego y el ganado pasaron media milla del pueblo.

Algunos jinetes se ofrecían para tratar de contener al ganado en franca estampida, pero pronto se convencieron de que era inútil.

En casa de Sam comentaban lo ocurrido.

—No hay duda que no han querido mataros, y eso que la intención vuestra no podía ser más asesina —decía Lou.

—Eso es verdad —decía uno de los asustados jinetes—. No han querido matarnos, y no hay duda que han podido hacerlo.

—¡Se ha perdido todo el ganado! Ya no hay reses para llevar a esos pastos. Ha sido una locura.

—¡No creáis que voy a dejar que queden sin castigo esos dos pistoleros!

—No han disparado un solo rifle. Y nos han tenido al alcance de esas armas.

—¡Me han dejado sin ganado...!

—Si se hubiera hecho salir esas reses de los pastos que les pertenecen a ellos...

—¿Es que les vamos a dejar sin castigo?

—No han hecho una baja. Y han podido matarnos a todos.

—¡No dejaré que queden sin castigo! —añadió Brown.

Todos los clientes opinaban que el castigo era el menor que en esas circunstancias podían darle.

—Por mucho que habléis no voy a dejar de castigar a esos dos pistoleros.

—De ser lo que dice, Brown, estarían muertos todos ésos.

—Nos han encerrado en el fuego —decía uno—. He pasado un pánico enorme. El fuego corría más que yo. Tengo algunas quemaduras en las piernas y en los pies. El ganado, aterrado, ha galopado hasta caer muerto.

—Hemos perdido ganado.

— 25

—Por la tozudez de no obedecer a esos cazadores. ¿Qué hemos ganado a cambio de ese placer de que hablabas de no obedecerles? Nos hemos quedado sin ganado, pero tuvimos el placer de no obedecer a las autoridades ni a ellos, ¿verdad?

—¿Es que crees que les voy a dejar sin castigo?

—Y con ello, ¿qué ganaremos.. .? ¿Vendrá el ganado?

—Nos quedaremos con esa parcela. Y en madera sacaremos una fortuna.

—¿Crees que las autoridades lo iban a permitir? Lo que tenemos que hacer es no complicar más las cosas. Han tenido el acierto de elegir la mejor parcela... Llegamos primero... y nos equivocamos.

Discutieron mucho. Era difícil que se pusieran de acuerdo, porque eran igual de tozudos.

Habían estado los vaqueros de los dos ranchos quitando las pieles al ganado que había muerto agotado y por caer en unos farallones sobre un cañón muerto y seco. Era un ingreso importante, una vez secas y bien curadas. Suponía cinco dólares cada piel.

Los dos sin dejar de discutir, entraron en el local de Sam. Se sorprendieron al ver a unos desconocidos. Se miraron mutuamente, en silencio y Curtix pidió de beber, siendo invitado por Brown.

—¿Son los ganaderos cazadores? —preguntó uno de los forasteros a Sam.

—No. Son los que han perdido casi la totalidad de las reses por una estampida que se provocó por incendio de los altos pastos.

—¿No vienen los otros?

—No lo hacen con frecuencia. Están replanteando los límites de su propiedad.

—¡Límites que tendremos que comprobar nosotros! —dijo Brown.

—Ellos hicieron un plano detallado en el que firmaron las autoridades como copia del entregado en Helena a las autoridades competentes.

—En lo que se refiere a mi parcela, tendrán que aceptar los límites que yo diga —insistió Brown.

—¿La vivienda de ellos es una casa bastante amplia y muy bien construida que hay en el centro de una pradera?

—Sí —dijo Sam—. Pero tal vez hayan marchado ya a sus cazaderos... No tienen ganado y por lo tanto no tienen que vigilar. Y la casa se dejan bien cerrada.

—¿Es posible que dejen sola la vivienda?

—¿Qué podrían llevarse...?

—Eso es verdad...

—¿No les interesaría otra parcela? Son parecidas en extensión —dijo Sam.

—Pero no todas están situadas en el mismo sitio, ¿verdad? Estos dos ganaderos, que han perdido su ganado en la estampida provocada, estará su propiedad cerca de la otra, pero no me interesan.

—¿Para qué quieren la parcela C? —dijo Brown.

—Parece que van a entrar muy pronto con los raíles en Montana.

—Así que al fin van a construir ese ferrocarril del que se ha hablado al parecer por aquí, hace varios años.

—Pues ahora va de veras...

—¿Y sólo les interesa la parcela C?

—No sé cómo le llaman a esa parte, pero sólo nos interesa esa propiedad.

—¡Tal vez pase a poder mío...! Porque en esta parte de Montana, no pueden tener propiedades a base de opción previa.

—¿Quiénes son ladrones de pieles?

—Los dueños de esa parcela...

—El factor, míster Lattimer, no piensa así, ¿verdad? Hemos estado hablando con él y con su hija. Tampoco coincide con usted el mayor Gordon, del fuerte. Y si usted pudiera hacerse cargo de esa propiedad por el sistema que sea, nunca trataríamos con usted.

Sam se concretaba a escuchar. Uno de los forasteros se encaró con Sam y le preguntó:

—¿No hay en el pueblo quien sepa dónde tienen sus cazaderos esos dos jóvenes?

—Ningún cazador dice dónde caza. Conserva los cazade-

— 27

ros con el mayor secreto. Y si algún cazador descubre por casualidad dónde lo hace otro, no lo comenta ni descubre. Es una especie de ley respetada entre ellos.

Los forasteros que habían alquilado habitaciones en el único hotel que había, decidieron regresar al día siguiente a Williston, en Dakota Norte, donde un hormiguero humano estaba trabajando en el ferrocarril.

La compañía constructora tenía una autorización de las autoridades de Helena para los dos ramales ambiciosos con presupuestos de cifras astronómicas.

Varios centenares de millas de tendido de raíles y construcción de decenas de estaciones y encerraderos para ganado.

Esos ramales ferroviarios iban a recoger el ochenta por ciento del ganado que se producía en las llamadas Altas LLanuras. La parte norte de Montana que iba a cruzar ese ferrocarril era la que se llamaría Gran Norte o Gran Pacífico Norte. Iba a ser la concentración más importante de técnicos y trabajadores.

El otro ramal iba de Williston en Dakota a Billings. Y de allí entraría en Wyoming.

La financiación estaba afrontada por los cuatro Bancos más importantes de la Unión. La idea era colonizar todo el Norte y Noroeste, como canales para el ganado y la minería.

La explotación de estos ferrocarriles supondría un ingreso incalculable. La obra, gigantesca, sería realizada por la unión de varias constructoras a las que, bajo una dirección común, se concedieron distintos tramos.

Los forasteros, dijeron en el hotel donde tenían habitación que iban a regresar a Williston, pero como volverían para poder hablar con Clifford y con Glen, dejaron reservadas las habitaciones. Y como no encontraron a los propietarios del terreno que les interesaba, sabiendo que no había persona alguna en los mismos, los estuvieron recorriendo, admitiendo al final del recorrido que sería el trozo de esas nueve millas el más fácil de trabajar. Trayecto en el que no habría necesidad de un solo puente ni se encontrarían dificultades montañosas.

Matt Cork era el que estaba al frente de ese grupo de cuatro técnicos.

La unión de Glen y Clifford se debía a un factor que era común a ellos. El afecto a los indios, y el conocer varios de esos idiomas. De ahí que tras haberse unido, entre ellos hablaban siempre en indio, aunque no lo hacían en presencia de extraños.

Durante las grandes nevadas, los dos socios se movían con sus trineos.

Tenían perros para los dos, aunque rara vez viajaban los dos a la vez. Tenían sus cazaderos en los límites de la Reserva, que era la parte más alejada de la Agencia u oficina del agente. Nunca se atrevían a alejarse tanto de su almacén-oficina.

Las pieles que los dos llevaban a la factoría eran cazadas por ellos y por un grupo de indios que daban las pieles a los dos amigos, porque si las entregaban al agente, les daba una miseria y les obligaba a comprar en su almacén con precios tres veces superiores a los que en los pueblos cobraban los almacenistas.

Lattimer y la hija estaban en el secreto. Y como eran ellos los que enfardaban, tenían su sello especial distintivo en cada cazador.

Eran también ellos los que secaban y curaban las pieles de los indios, así que no se podía discutir que hubieran sido cazadas por ellos. Una parte pequeña, entregaban al agente para su venta. Y con lo que decía el agente haber conseguido en su venta les vendía de lo que tenía en su almacén.

Los dos amigos hablaban con Lattimer y con Dyane, su hija, en sioux.

La vasta Reserva estaba formada por distintos pueblos o naciones indias. Los dos amigos se movían entre los distintos poblados sin que el agente lo sospechara.

Durante las grandes nevadas, los ayudantes del agente no se movían de la agencia, donde la leña cortada por los indios daba una temperatura agradable a las viviendas. Los dos amigos con el trineo se movían sin que el agente y sus ayudantes se enteraran.

El agente anterior que hubo era una persona que estimaba a los indios y que era incapaz de engañarles. Y todo lo que obtenía de los excesos de maíz y de otros cultivos, como el tomate, se empleaba el producto conseguido en adquirir mantas y ropas así como la materia prima para hacer el calzado. Consiguió que tuvieran su ganado y aumentara, para tener la carne que necesitaban, sin sacrificar al búfalo, que era su vivienda, su vestido y su calzado.

La marcha de ese agente fue una verdadera desgracia para el indio. Desgracia que aumentó con la llegada del nuevo coronel, que no disimuló su odio al indio.

Los dos amigos supieron captar el malestar que había en la Reserva.

Según lo acordado en la conferencia o pacto del fuerte Laramie poco antes del cambio de agente y coronel, existía el compromiso por parte del Estado de facilitar a esa Reserva trescientas reses al mes. Que les permitía conservar el ganado que el agente les dejó criar. Pero el ganadero que se quedó con ese suministro de ganado tras un concurso entre ganaderos, se hizo amigo del nuevo agente. Y el primer mes de estancia en la agencia, esas reses no fueron entregadas. El ganadero que tenía el compromiso de entrega de esas trescientas reses, llamado Davie Wasa, se había hecho amigo del agente. Los dos vieron en ese compromiso un medio de hacer fortuna. El ganado que entregaron la primera vez era muy distinto al que controlaba el agente anterior.

Las reses que llevaron, apenas si podían caminar. No tenían más que huesos y estaban enfermas la mayoría de ellas.

Uno de los indios amigos de los dos socios fue a visitar de noche a Lattimer y le pidió dijera a los cazadores lo que sucedía. No estaban en sus cazaderos cuando fueron a buscarles.

Dyane era la que conocía los distintos cazaderos y aunque con dificultad por la nieve caída y la que seguía cayendo, fue en busca de los dos socios.

—Mi padre y yo estamos asustados —les dijo al hablar con ellos—. Están abusando y hay un gran malestar en los poblados indios. Y no se puede acudir al coronel porque está de acuerdo con el agente y dice que esos cerdos no tienen derecho nada más que a una cuerda.

—No es en el fuerte donde hay que reclamar, sino en Helena ante el general jefe de los militares.

—No se comprende que envíen estos militares junto a una Reserva india.

Dyane dijo que la tensión que había en la Reserva era alarmante, y que el indio que le visitó pedía que fueran ellos a ver el ganado que habían llevado para cumplimentar el compromiso.

—¿Dónde tiene el rancho ese ganadero...?

—Un poco al oeste de Glasgow...

—¿Tiene ganadería para prescindir de trescientas reses cada mes?

—Suele comprar barato y él lo cobra mucho más. Además tiene una buena ganadería. Es lo que dicen sus vaqueros cuando están en el bar. Se ríen del ganado que han llevado.

—Si vuelve por la factoría, le dice que iremos esta noche a visitarle.

—Hablaremos con el coronel — añadió Glen.

Cumplieron su palabra. Contemplaron las reses que había cerca del almacén del agente y llamaron en el despacho del agente.

Se sorprendió por la llamada a esas horas y al ver a los dos cazadores, se asustó. Sabía lo que habían hecho en el pueblo.

—¿Ha visto el ganado que han traído? —dijo Clifford.

—Es lo convenido...

—¿Esa clase de ganado?

—El compromiso habla de cifra, no de calidad.

De las manos de uno iba a las del otro. Gritó pidiendo ayuda y salieron dos ayudantes con las armas empuñadas.

Se sorprendieron los dos amigos al ver caer a los ayudantes. Unas flechas les atravesaban la garganta. Al darse cuenta el agente temblaba.

—¡No le golpees más! —dijo Glen—. ¡Una cuerda!

Resultó peligroso el agente. Los ayudantes que estaban en su vivienda al darse cuenta de la muerte de los que salían

— 31

con armas, trataron de huir por las ventanas que daban a la espalda del edificio. Pero nada más poner los pies en el suelo, las flechas buscaron el pecho de los que les castigaban por lo más mínimo.

El indio que visitó la factoría y que se encontró con sus dos amigos, fue el que alertó a varios jóvenes para estar vigilantes y al ver cómo trataban al agente reían complacidos y por eso como estaban pendientes de la casa en que vivían los ayudantes pudieron castigar a los que salían con las armas empuñadas creyendo que eran indios los que atacaban al agente.

Cuando apareció el día, los indios estaban en sus poblados y el agente y sus ayudantes enterrados muy lejos de la agencia y el almacén.

Glen había dicho que no se comentara lo sucedido. Para los indios, el agente se había marchado con sus ayudantes.

A los pocos días, se presentó el ganadero Wasa para reír con el agente por las reses que había llevado, y se sorprendió al ver que el ganado estaba donde ellos lo dejaron. Iba con su capataz. Llamaron en la puerta y como no respondían empujaron la puerta que estaba abierta.

—Debe andar por la Reserva —dijo el capataz.

—Tiene que darnos el recibo de haberse hecho cargo de las reses que obliga el compromiso de Laramie a entregar en esta Reserva.

Estuvieron sentados en la oficina más de dos horas.

—Será mejor que vengamos por la tarde —dijo el ganadero.

Estuvieron en el pueblo haciendo tiempo. Y al caer la tarde, volvieron a la agencia, encontrando todo como estaba a la mañana.

—Tal vez han ido al pueblo.

—Voy a dar una vuelta —dijo el capataz.

—¡Cuidado con las jóvenes...! Nada de tonterías.

—Debe estar tranquilo... —pero al decirlo sonreía. Sin embargo, al desmontar en uno de los poblados le sorprendió no ver a persona alguna. Pero sabía dónde vivía una de las jóvenes que le agradaban. Y nada más entrar en el tipi, un cuchillo se clavó en su garganta. Mientras el ganadero esperaba , era llevado su capataz a enterrar lejos de allí.

El ganadero se sorprendió al ver entrar a cuatro indios. Uno de ellos hablaba inglés y le dijo:

—¡Bonito ganado nos ha traído...!

—Yo... —no pudo seguir hablando. Los indios estaban demasiado excitados.

El indio que hablaba inglés fue al fuerte a dar cuenta de que hacía tres días que no se veía en la agencia al agente y a los ayudantes.

CAPITULO IV

El coronel miraba al mayor cuando éste desmontaba.

—¡Es una locura cabalgar con este clima y con el piso en las condiciones en que está! No he podido llegar a la agencia. Era un enorme peligro y no me he atrevido a seguir.

—¿Por qué no avisa a esos amigos suyos que dicen se mueven con facilidad con un trineo?

—Porque han de estar en sus cazaderos, que no conocen más que ellos.

—Pues hay que averiguar qué es lo que pasa en la Agencia. Es muy extraño que no se haya visto al agente en tres días ni a sus ayudantes. Prepare un escuadrón. ¡Eso es que les han matado...!

—No se puede cabalgar. ¡Sería una locura insistir!

—Hay que llegar a la agencia.

Lo intentaron y tardando mucho pudieron llegar a la agencia. El mayor se concretó a comprobar que el agente no estaba allí ni se veía a los ayudantes.

Dio cuenta al coronel.

—Da la impresión de abandono. No está el agente ni los ayudantes. Al menos por donde estuvimos nosotros.

—¿Y los indios?

—Tranquilos...

—Hay que enviar a alguien que se haga cargo de la agencia y de la Reserva. Telegrafiaré para que envíen otro agente. Y no lo dude, mayor. Les han matado a todos.

—He visto las reses que debieron llevar. ¡Es indignante! No me sorprende si en verdad les han matado. Es lo que

34 —

merecían. Y, ¡cuidado lo que se habla! ¡Son muchos y aquí hay mujeres y niños!

—Cuando se pueda cabalgar con facilidad, voy a entrar en esa Reserva y no dejaremos un indio con vida. Que protesten más tarde... No haré caso. Es el único sistema eficaz para tratar con esos salvajes —miraba sonriendo al mayor—. ¿No dice nada, mayor? —añadió—. Sé que estima a esos odiados seres. Y estoy seguro de que le agrada la sospecha de que hayan muerto el agente y sus ayudantes.

—No soy partidario de la violencia, coronel. Y lamentaré si sus sospechas se confirmaran.

—No hay otra razón para la ausencia de esos personajes. Pero cuando la nieve haya desaparecido, entraré en la Reserva con todos los efectivos de que dispongo.

—¿Sin tener en cuenta a las mujeres y los niños que hay en este fuerte?

—¿Es que cree que les voy a dejar que sean ellos los que ataquen?

—Confío en que lo medite bien.

—¿Se da cuenta de que se está enfrentando a mí y poniendo mi plan en discusión y pensando seguramente en no obedecer? ¡Eso es grave! ¡Lo sabe bien, mayor!

—Repito que espero lo medite. Ese agente que se echa de menos, ha estado negociando con los recluidos en la Reserva. No se sabe dónde, pero parece que hay oro en los terrenos de la Reserva... Se me encargó en Helena una vigilancia estrecha, porque se teme que les vendan armas a cambio de oro. Y si es así no es la flecha el arma con la que se defenderían en caso de ese ataque con el que sueña usted. Si es cierto que están armados con otra clase de armas, ¿qué pasará si entra usted como dice en son de guerra?

—No dejaré que se muevan. He hecho una guerra... y sé de táctica y estrategia.

El mayor decidió callar a seguir discutiendo. Pero desde luego, no estaba dispuesto a que hiciera lo que estaba diciendo. Era cierto que hacía tiempo se sospechaba que se estaba haciendo comercio con los indios. Fue el agente anterior el que habló de esa sospecha.

— 35

No había conseguido nada el mayor. El indio no dejaría nunca la guardia. Y el último agente no le dejaría andar por la Reserva. Y no dejó que entrara.

En el registro de papeles que hizo en la oficina, no halló nada que hiciera pensar en ese comercio.

Lo que habló el coronel preocupó mucho al mayor. Sabía que el coronel odiaba a los indios de una manera enfermiza. Y le consideraba capaz de hacer lo que había dicho. Asustado ante las posibles consecuencias, decidió escribir al jefe de Helena.

Debía darle cuenta de lo que intentaba el coronel. Sabía también el mayor que intentaría tenderle alguna trampa para quitárselo de enmedio.

No interesaba al coronel la presencia del mayor en el fuerte. Temía que recurriera a algún truco y sobre todo a provocaciones para obligarle a decir lo que pudiera ser motivo de indisciplina.

Y con testigos... Tendría que estar alerta.

Pasaron los días y en la Reserva estaba un sargento y cuatro soldados teniendo cuidado.

Cuando pasados unos días sin nevar el piso se iba haciendo menos peligroso, se presentaron en el fuerte dos vaqueros de míster Wasa y preguntaron en la cantina si habían visto a su patrón y al capataz.

La respuesta negativa les preocupó. Pero uno de ellos dijo:

—Vinieron para visitar la Reserva. Habrán pasado estas semanas de nieve con el agente que es un buen amigo del patrón.

Al llegar a la agencia y ver a los militares que vigilaban por haber desaparecido el agente, se sorprendieron al saber que no habían visto a ese ganadero.

Para esos vaqueros era muy sorprendente lo que pasaba. Recordando que Harold Curtix, que adquirió la parcela o sección A era amigo, fueron hasta ese rancho. Los dos vaqueros, ante la nueva negativa, decidieron regresar al rancho y esperar a que aparecieran los dos.

El patio del fuerte se animaba con la presencia de los

niños que jugaban con la nieve. Cuatro días más tarde, llegó la primera diligencia después de la nevada.

Llegaron de nuevo los del ferrocarril, que querían hablar con Clifford y con Glen, como propietarios de unos terrenos que les interesaban.

El cantinero les hizo saber cuando visitaron el fuerte que esos dos propietarios no irían al fuerte al descender de sus cazaderos, sino a la factoría de Lattimer.

Se encaminaron a la dirección indicada.

Lattimer y Dyane fueron muy atentos con los dos visitantes. Y al hablar de los propietarios que interesaban a esos dos visitantes, lo hicieron con todo elogio.

Uno de esos dos visitantes no había estado la vez anterior.

—Cuando bajen de la montaña, será ésta la primera casa que visiten. Traerán las pieles conseguidas en la campaña.

—Comentan en el pueblo que son los que más pieles venden... ¿Es verdad?

—Es que son dos cazadores que unen sus pieles. Y por eso se preocupan tanto...

—¿Saben ellos que les llaman ladrones de pieles?

—No prosperó esa tontería que ha costado muertes.

—¿Es que no está dentro de lo posible que puedan hacerlo?

—¡No te molestes, papá...! ¿No has notado el olor cuando entraron?

—¡No ha querido ofender! —dijo el que había estado anteriormente.

—¿Es que no es verdad lo que he dicho? —añadió el mismo de antes.

—¡No se puede hablar así! Y es un asunto que no nos interesa.

—Ya lo creo que interesa. Tendríamos que tratar con un amigo si pierden la opción y la propiedad, porque los ladrones de pieles no pueden tener propiedades en Montana.

Dyane entró en la habitación inmediata y apareció a los pocos segundos con un rifle diciendo:

—¡Largo de aquí! ¡Fuera!

Disparó por encima de la cabeza de los visitantes que echaron a correr. Se detuvieron a unas cincuenta yardas del almacén.

—¿Por qué ha hablado así? ¿Qué se ha conseguido? Sabemos que ha sido el factor el que derrumbó esa torpe campaña. Y tendremos jaleos si dicen a esos dos cazadores lo que ha dicho usted.

—Hay que hacer ver a esos dos cazadores que no se pueden oponer al paso de los trabajadores y de los raíles...

—Ha debido quedar en Williston. No es así como se puede hablar con esos dos misteriosos cazadores. Dicen que son jóvenes. Con seguridad están escondidos aquí...

—Si lo que teme es que se trate de dos pistoleros, ¿considera acertada esta actitud suya?

—Es que hay que hacerles saber que por la importancia social de este ferrocarril se pueden expropiar los acres que necesitemos y al precio que digamos, si tratan de evitar la expropiación.

—No sabemos cómo piensan... Primero hay que hablar con ellos.

—Tenemos que adelantarnos a la compañía y tener la autorización firmada por los dos.

—No está decidida nuestra intervención... Y si al final no intervenimos, es preferible quedar amigos que enemigos.

—Tienen que contar con nosotros.

—En Montana no sabemos qué pasará...

—Ha comentado el director que posiblemente prefieran que se facilite el camino y hay dos consejeros que están interesados en nuestra participación. Y si es verdad lo que han comentado del gobernador...

—En estos casos siempre se habla mucho y al final queda en nada.

—Hemos debido traer documentos para que firmen...

—No podemos hacerlo cuando aún no se sabe si vamos a intervenir. Se reirían de nosotros... En lo que hace referencia a esos muchachos, si la hija del factor les dice lo que habló usted, no creo que estén en buena disposición para hablar con nosotros.

—Se va a incrementar lo del robo de pieles...

—Si ya no se trata de una opción. Es propiedad indiscutible y perfectamente legalizada en Helena.

—Se trata de una opción...

—¡Está mal informado! Es una propiedad legalizada. Sólo si ellos vendieran podría cambiar de dueño. No como le han dicho a usted de esa «opción» que dejó de serlo en el momento en que liquidaron el resto y registraron esa propiedad a nombre de los dos.

—Me habían asegurado...

—Ya lo sé. Creo que lo que debemos hacer es no esperar para hablar con esos cazadores; su torpeza en la factoría cierra el paso a todo entendimiento.

Entraron en la cantina del fuerte, de paso para el pueblo con objeto de pasar esa noche y regresar a Williston.

El que había estado antes de las nevadas estaba muy disgustado con su acompañante. Por estar equivocado en lo que hacía referencia a la propiedad de Clifford y Glen, había dicho lo que no era conveniente.

Estaba el mayor en la cantina cuando los dos entraron. Les había saludado a los que antes estuvieron y vio que sólo uno de esos dos formaba parte de los anteriores.

—¿Avanza mucho el ferrocarril? —dijo el mayor—. Están cerca de Montana, ¿no es así?

—Sí... —dijo el que disgustaba al otro—. Estamos a pocas millas ya.

—Pero existe el inconveniente o dificultad de dos puentes que retrasa los trabajos. Y sobre todo, frena el ritmo —dijo el otro.

—¿Ya están de acuerdo las autoridades de Helena?

—Tienen que estarlo.

—No comprendo... —añadió el mayor sonriendo.

—Se trata de una obra en beneficio de la comunidad. Y a los que se resistan para dar su conformidad, se les expropiará el terreno que necesite el ferrocarril.

—Ustedes no forman parte de los técnicos, ¿verdad? —añadió el mayor.

—¿Por qué lo pregunta? ¿Es que no es lógico lo que acabo de decir? Si se trata de un bien común...

—Supongo que ustedes no forman parte del Servicio Técnico de las Compañías Constructoras, porque son varias. Y lo que hacen no es para bien común, aunque resulte así en la práctica, pero se construye para la explotación posterior. Por eso se hace con financiación de varios Bancos. De ser lo que usted indicaba, sería por cuenta de los distintos estados y con fondos oficiales.

—Es como usted está diciendo. Es empresa privada, no oficial —dijo el otro—. Y no puede llegarse a la expropiación. Cada propietario de terreno si es necesario al ferrocarril debe percibir una indemnización con la que esté de acuerdo. Y si no le interesa, los constructores tendrán que buscar otro camino... Aunque lo más lógico es que no haya mucha oposición, si se indemniza con justicia. Y si se hace así no habrá muchos inconvenientes.

—Eso sí es sensato —dijo el mayor—. Su acompañante debe estar mal informado. Y le aseguro, por conocer esta tierra, que el sistema del Unión Pacífico sería un error aquí. Mi consejo es que su amigo o compañero no visite a propietarios.

El mayor abandonó la cantina y los que estaban en ella miraron con claro desprecio al llamado Bannock, acompañante de Power.

Power pagó la bebida y salieron para ir al pueblo. Una vez fuera de la cantina, dijo Power:

—¿Se da cuenta? Lo ha echado todo a rodar. Hemos de marchar sin hablar con esos propietarios. ¡Ha oído la advertencia del mayor...!

—¿Es que no se puede expropiar?

—¡Nooo! —dijo enfadado Power—. Podrá asustar y engañar a un campesino, pero ha visto la reacción de quien tiene sentido común y sabe que este ferrocarril se construye como negocio, no es oficial. ¡No ha debido venir! Le han aclarado que no se puede emplear el sistema de Unión Pacífico.

—Pues de la otra forma, poco se puede sacar.

—Por su sistema, desde luego que no. Pero hay otros medios...

Al día siguiente devolvieron los caballos alquilados y en diligencia regresaron a Williston. Donde mister Kiowa, director de la Unión Colaboradora, como se llamaba a la compañía auxiliar, encargada de facilitar la obtención de permisos para el paso del ferrocarril, tenía su oficina y auxiliares.

Power dio cuenta de lo sucedido y añadió que se había estropeado el asunto de la entrada en Montana.

—Hay que enmendar ese error. No podemos dejar que sea la constructora la que adelante sus hombres.

—Están gestionando en Helena la concesión de ese privilegio. Y aunque protesten más tarde, lo importante es conseguir que accedan al paso del ferrocarril, con un pago pequeño.

—Depende de lo que la constructora haga. Hay el peligro de que haga subir lo que paga por acre.

—Es el verdadero peligro que vamos a correr, porque si se informan y les van ofreciendo la mitad, podéis calcular lo que pasará. Y confieso que no me gusta nada el aspecto que tiene ahora.

—Parece que hay buenos amigos en Helena que tienen autoridad sobre el gobernador que es la persona que debe decidir. Esos amigos del gobernador son los que pueden allanar el camino. Y una vez así, nuestros hombres saben actuar. Tienen experiencia.

—Parece que la piedra de toque son esos socios que tienen el rancho más extenso junto a la Reserva. Y en ésa esperan un nuevo agente que ya se está moviendo para que sea dócil a nuestros deseos.

—¿Y qué pasará con la Reserva, que es la más extensa de la Unión?

—Dependerá del agente que envíen.

—Pero, ¿tendrá influencia el agente para ese asunto?

—Desde luego...

—Creo que estáis equivocados. Es el Consejo de los Indios el que ha de decidir, porque esas tierras son de ellos. Y no parecen muy encariñados con nada que suponga reducción de un solo acre.

—¿Quién tratará con ese Consejo Indio?

—Alguien que pueda entenderse con ellos. En ese Consejo forman parte Toro Sentado, Caballo Loco y Nube Roja. Los tres indios más enemigos del rostro pálido. Son como Gerónimo en el Sudoeste.

—Esos cazadores son esenciales. Dicen que son amigos de los indios. Y si es así ayudará mucho el que ellos, los cazadores, den su conformidad al paso de los trabajadores del ferrocarril.

—Mucho va a depender de lo que el director que envían a la constructora decida a su vez. No es fácil unificar en una persona la dirección de intereses, aunque comunes, tienen ciertas diferencias. Los ayudantes serán de las distintas compañías. La Dirección General recaerá sobre el representante de la compañía que coloque mayor cantidad de dólares en el empeño.

—Que es la que está más alejada de nosotros.

—La verdad es que sospecho que no vamos a conseguir mucho.

—Lo que no podemos hacer es abandonar.

—Hay que hablar con esos cazadores y esperar la llegada del nuevo agente. Son las dos piezas importantes para nosotros.

—También es importante lo que se consiga en Helena. Y ha de hacerse antes de entrar en ese estado. Lo de Dakota está prácticamente vencido.

—Y sin haber conseguido lo que se esperaba.

Los encargados de Williston decidieron que esos dos no volvieran a Fort Peck. Y menos a Glasgow. Los dirigentes de la compañía a la que pertenecían esos dos consideraron que no era conveniente que volvieran. Era mejor destacar a otros para hablar con los cazadores..

Cuando Clifford y Glen llegaron con su carga de pieles, Dyane les dijo lo de la visita de esos dos, uno de los cuales fue echado por ella en virtud de un rifle en el hombro y un disparo sobre su cabeza.

Reían los dos cazadores con el relato de la muchacha.

—¿Dijeron por qué querían vernos? —preguntó Clifford.

—Debe ser algo relacionado con el ferrocarril que dicen

están haciendo ahora y que se acerca a este estado. Parece que están en Williston.

—Es un viejo proyecto lo de ese ferrocarril. Una obra muy angustiosa. Deben estar comprometidas varias compañías y algunos Bancos. De éstos estaban decididos los más importantes. Se hablaba del Gran Pacífico Norte, que cubriría toda esta zona fronteriza con el país vecino. Y otro ramal descendería hasta Billings. Repito que era una idea muy ambiciosa. Con un gasto económico de enorme importancia. Y con varios años de trabajos. Centenares de trabajadores. Pero no comprendo la razón de que quieran hablar con nosotros.

—No me gusta que hagan resucitar aquella tontería de ladrones de pieles —dijo Dyane.

—Si ya no lo recuerdan... —dijo Glen.

—Era uno de los dos que vinieron a buscaros, el otro le llamó la atención. Y se convencieron de que ya no era una opción, sino una firme propiedad.

—Si vuelven, hablaremos con ellos y sabremos qué es lo que buscan —añadió Clifford.

— 43

CAPITULO V

—¡Clifford! —decía Dyane una semana más tarde—. El cartero ha traído una carta para ti...

—¿Una carta para mí...? ¡No es posible! ¡Si no saben dónde estoy...!

—Pues la carta es para ti. De eso no hay duda. Y viene de Helena.

La muchacha entró en sus habitaciones y entregó la carta que había llegado el día antes.

Glen miraba a Clifford que con la carta en la mano no se atrevía a abrir.

—¡No lo comprendo! —dijo mirando al amigo—. ¿Cómo han averiguado dónde estoy?

—¿Por qué no abres de una vez ese sobre y sales de dudas?

—Es que no lo puedo comprender... Y no hay duda que viene a nombre de la factoría Lattimer, con el ruego de que se me entregue a mí. ¿Cómo han podido saber mi relación con este almacén?

—¿Quieres abrir de una vez ese sobre y leer la carta que hay dentro del mismo?

—Tienes razón —añadió Clifford sonriendo. Abrió el sobre y sacó la carta que había dentro.

Silbó cómicamente al ver lo larga que era la carta.

—¡Vaya carta! —exclamó.

Glen le miraba en silencio.

—Conoces la letra, ¿verdad?

—Desde luego —dijo Clifford sin aclarar más. Glen se dio cuenta de que miraba la firma.

Pasaron minutos de silencio en ambos, mientras Clifford leía. Y al terminar, dijo mirando a Glen:

—No me dice cómo ha sabido que estoy aquí. Me pide que vaya a Helena... Que me necesita, y que no debí marchar nunca, ya que no se preocuparon de mí en la forma que temí.

—¿Qué piensas hacer? Estás preocupado, ¿no?

—Sí. Me ha preocupado mucho esta carta. Es de mi hermana Jenny. Lo que me dice de Shane, su esposo, es algo que me tiene que preocuar.

—Y como resultado, deseas ir a ver a hermana, ¿no es eso?

—Esta carta me produce una preocupación y borra otra que me tenía asustado. Sí, voy a ir hasta Helena.

—Tú eres de allí, ¿verdad?

—No, no soy de allí, pero he vivido unos años. La familia, porque yo he estado bastante lejos. He tenido miedo sobre el temor de haber sido reclamado, ya que castigué a unos granujas que pusieron a mi padre en una situación muy delicada cercana a la ruina total por medios despreciables. Falsificaron acciones que por ser sólidas y apetecibles en las Bolsas hicieron bajar su cotización ante la venta masiva de las mismas. Y presentaban a mi padre como el autor de esa falsificación. Me dice mi hermana que llegaron a la conclusión de que el castigo era merecido, y que por lo tanto no se preocuparon de reclamarme por las muertes que hice.

—Lo que indica que nada tienes que temer, ¿no es así?

—En efecto.

—Puedes estar seguro de que me alegra mucho. Y no te preocupes por la compra que hicimos.

—Eso no me preocupa, porque en realidad fue una inversión muy favorable. Podemos vender en cualquier momento con un beneficio de un quinientos por cien y si esperamos a la llegada de los trabajadores del ferrocarril, se convertirá en un mil por ciento. Y conservando la mayor parte del terreno. Me refiero a una pequeña parte de la extensión que tenemos.

—¿Cuándo piensas marchar?

—¿Por qué no me acompañas? Dejamos cerrada la vivienda. Y en los cazaderos...

— 45

—No debemos abandonar los dos. Sabes que dependen de nosotros los indios amigos, y no sabemos qué clase de agente van a emplear. Con sus pieles compramos lo que nos dicen necesitar. Si envían una buena persona, podrán vender directamente sus pieles, ya que Lattimer les pagará con justicia. Pero si ha de intervenir el agente en esas ventas, tendrán que seguir haciéndolo por nuestra mediación.

—Tienes razón. No había pensado en ello. Pero si el agente es como deseamos y era el que hubo antes, nos volveremos a reunir. Porque no pienso estar mucho tiempo en Helena.

—Te esperaré aquí.

Clifford no dijo nada a Lattimer ni a su hija. Preparó el viaje y marchó prometiendo a Glen que regresaría lo antes posible.

—Parece que son diferencias entre ella y el esposo. Pero lo que yo no sabía es que Shane, su esposo, era el actual gobernador de Montana.

—¿Es posible?

—Es lo que me dice ella. Y lo que añade es lo que me preocupa.

No añadió más. Y Glen respetó su silencio.

Una vez en Helena, fue a la casa en que vivía el matrimonio antes de que Shane fuera gobernador... Le dijeron los que atendían la casa que vivían en la residencia oficial, pero que Jenny, su hermana, hacía unas semanas que había marchado al rancho que tenían a treinta millas de la capital.

Para Shane era una visita muy agradable. Y como la hermana le decía que debía ocultar a Shane que le había escrito ella, se hizo el inocente y preguntó por ella.

—Marchó hace unas semanas al rancho. Se enfadó conmigo. Ya conoces su carácter. Su marcha fue sin decirme una palabra.

—¿Alguna discusión?

—No quiso aceptar lo que yo decía. No supuse que iba a marchar al rancho. No consideré que lo que había hablado pudiera hacer estallar ese carácter de ella tan suyo y violento a veces.

—A pesar de que reconozco que Jenny tiene carácter, también hay que reconocer en ella un gran sentido común. Es seria y responsable. Con esto quiero decir que si se enfadó tanto, posiblemente no te dieras cuenta por tu parte de que la discrepancia en ese momento podría disgustarle tan seriamente.

—Pero si era una cuestión en la que sólo yo podía decidir y es lo que traté de hacerle ver. Porque vivir en la Residencia no quiere decir que ella haya de participar en los problemas que esta habitabilidad lleva consigo.

—Perdona, pero no creo que mi hermana tratara de ser la gobernadora. Ella nunca dejaría de ser la esposa del gobernador. No creo a Jenny interfiriendo en asuntos políticos.

—Pues se enfadó por un asunto que me concernía sólo a mí discernir. El asunto fue sin importancia en realidad. Era una distinta forma de enjuiciar un problema.

—Y sin duda te enfadaste con ella...

—Me enfadé y tenía razón para ello. Me visitó un abogado que durante la campaña electoral se mostró contrario a mí... y me mostró un tercer anónimo sobre irregularidades y abusos de las autoridades de Butte. Me pedía que interviniera para cortar esas irregularidades de que hablaba el anónimo. Comprendía que tenía razón, si esas denuncias anónimas eran realidad; pero afirmé que no intervendría porque considero una cobardía el anónimo... Si se desea denunciar hechos concretos, hay que hacerlo con valentía, firmando la denuncia. El sistema es reprobable e indigno. Y le aseguré que no esperara mi intervención, porque eso sería sancionar un sistema que no se debe tolerar. Nada más salir el abogado de este despacho, entró tu hermana. Y me dijo que nada de que el sistema no me agrada, que lo que me pasaba era que tenía miedo a esas autoridades, a las que no me atrevía a enfrentarme. Y me quiso dar una clase de buen gobernar un estado. Insistió en que tenía miedo a esas autoridades, porque ellas me ayudaron a conseguir el cargo que me permite vivir en esta residencia. Insistió en que debía enviar a alguien para confirmar si lo denunciado era verdad...

—¿Y no era lógico hablar así? Ten en cuenta que si esas autoridades abusan por lo que sea, se presta a pensar que

— 47

esos abusos se hacen porque se cuenta con la sordera de esta casa... No es que yo diga que sea así, pero el abogado que te visitó pudo marchar con ese criterio. No firmar una denuncia así puede indicar pánico a esos denunciados, y si como el anónimo decía que eran las autoridades los de los abusos, ¿no sería un suicidio estúpido firmar ese anónimo, que has dicho era repetido?

—¿Es que se puede dar credibilidad a quienes no se atreven a firmar?

—Lamento no coincidir contigo, Shane... ¿Por qué no enviaste a alguna persona de tu confianza para salir de dudas?

—Eso sería admitir un sistema de denuncia que no es más que una cobardía.

—Sistema al que obliga el miedo. Y que debe comprobarse...

—¡Nunca estaré de acuerdo en admitir un anónimo y darle el menor crédito!

—Así que eso fue lo que disgustó a Jenny...

—Me llamó varias veces cobarde. Insistió en que tenía miedo a esas autoridades. Y que por eso no quería enviar un emisario de mi confianza. Y añadió lo que me enfadó. Que ella había recibido un anónimo también. Y no me había dicho una palabra. Y en ese anónimo decían, al parecer, ya que no me lo enseñó, que «como yo no atendía las denuncias, le pedían me convenciera ella».

—¿Te enfadaste por eso? ¿Qué iba a hacer? Si sabía cómo piensas de los anónimos, y conste que coincido en parte contigo, no se iba a atrever a decirte haber recibido uno a su vez. Y dime, ¿qué hay de verdad en lo de esas autoridades de Butte? ¿Han sido designadas por ti o por los que en la campaña te ayudaron?

—¿Qué tratas de decir?

—Pero, Shane... No trato de decir. Estoy diciendo, pero si te disgusta, olvídalo. Voy a alquilar un caballo para ir a ver a Jenny.

Y abandonó el despacho, dejando al gobernador paseando nervioso. No le agradaba esa forma de marchar de Clifford. Sabía que era impulsivo y a veces violento. Lo demostró pocos años antes. Aunque en aquella ocasión era justo lo que hizo. Intentaron la ruina de la familia y la de centenares de modestos accionistas. No le agradaba que Clifford se pusiera frente a él. Y pensaba si no sería cierto que por miedo a las autoridades de Butte no había atendido a esos anónimos en los que decía que había complicidad en varios atracos por algunas de las autoridades de esa ciudad minera.

No podía negar ante sí mismo que le tenían amenazado con descubrir que el escrutinio que le llevó al cargo que ostentaba había sido falseado por los amigos. Amenaza que le obligaba a actitudes que no se podrían dar de no existir esa amenaza. Le censuraron que llamara a compañeros de la universidad para ocupar algunos cargos.

Cuando se veía en el espejo, se preguntaba burlón:

—¿Eres de veras el gobernador de Montana? ¿No es una cobardía tuya seguir en esta residencia?

Se detuvo en los paseos que estaba dando desde la salida de Clifford.

El secretario acababa de hacer entrar al abogado Lastron. Y al abrir la puerta, vio a los que estaban esperando para entrar.

—¿Era su turno, abogado?

—Pero, O'Neill, ¿es que los amigos debemos esperar?

—Los amigos son los que están más obligados a que las cosas se hagan con rectitud y seriedad. Y usted, secretario, que sea la última vez que hace entrar a quien no le corresponda por su turno. ¡Lo que pensara proponer o tratar, déjelo para otra oportunidad!

—¡No puede hacerme esto! ¿Qué pensarán los que hay en la antesala...?

—El secretario sabrá disculparse por el error y hacerle entrar sin esperar turno.

—Parece que la marcha de Jenny le está haciendo desvariar.

—¡Salga, si no quiere que sea yo el que le eche...!

—¡Tiene que estar loco! —decía al salir del despacho. Iba furioso junto al secretario que lamentaba lo sucedido.

—¿Es que ha olvidado que le hemos traído a esta casa?

—No le agrada que entre sin esperar turno. Se lo he dicho antes.

—Pues tendrá que ceñirse a lo convenido.

Salió muy furioso de la residencia y entró en un *saloon* que había cerca, que pertenecía a una muchacha muy deseada por su gran belleza, que ayudaba a que estuviera muchas horas en el día completamente abarrotado. El abogado Lastron era uno de los que decía estar enamorado de ella, cuando la realidad era que se trataba de uno más que deseaba a la mujer tan bella que por no haberse inclinado por ninguno de los que decían lo mismo, daba paso a la esperanza.

Al ver entrar a Clifford, acudió con rapidez para tenderle ambas manos.

—¡Cuánto tiempo sin verte por aquí, Clifford! ¿Qué tiempo hace que no venías?

—Bastante...

—Antes andabas por el Este, ¿no?

—Bueno. Estuve en San Louis...

—¿Te vas a quedar aquí?

—He venido a ver a mi hermana y a Shane.

—Creo que tu hermana está en el rancho. Tu padre sigue por allí lejos...

—Tiene que atender sus negocios.

—¿Te sientas?

—Voy a alquilar un caballo para ir al rancho. Me sentaré un momento.

—Diré que te traigan bebida. ¿Whisky?

—Con un poco de soda.

Cuando se retiraba la muchacha, un ganadero que estaba sentado ante una mesa, llamó:

—¡Gretta!

—Un momento, míster Breyton... Ahora le atiendo.

Clifford se sentó ante una mesa, cerca de la ocupada por Breyton. El abogado Lastron se sentó al lado del ganadero diciendo:

—¡Vengo que mordería con la boca cerrada!

—¿Qué le pasa, abogado?

—Vengo de la residencia...

Clifford aguzó el oído.

—¿De la residencia?

—Sí... Me ha hecho pasar el secretario sin esperar turno, y el cerdo del gobernador me ha hecho salir por no haber esperado a que me tocara por turno. ¡Como si yo fuera igual que otros! El secretario se ha quedado desconcertado. El hombre quiso atenderme y se encontró con esa actitud. ¡Llegó a decirme que o salía del despacho o me echaba él! Se va a acordar. Después de que hemos sido los que le hemos llevado al despacho en que está. ¡Que no sueñe con la reelección!

—Falta mucho todavía para eso. ¡Gretta! —volvió a llamar el ganadero a la muchacha cuando ella estaba poniendo ante Clifford una botella y un vaso.

Se acercó a la mesa en que estaban el abogado y el ganadero.

—Trae una botella de champaña y tres copas. ¡Vas a beber con nosotros!

—Usted sabe, míster Breyton, que no lo hago nunca. Traeré dos copas para ustedes.

—¡Te vas a sentar y nos acompañarás!

—No debe insistir, míster Breyton... Debe pensar que si atendiera las invitaciones que tan amablemente me hacen, ¿cómo estaría a la tarde? Sabe que no suelo sentarme con los clientes.

—¿Es que me vas a comparar con los demás?

—No se trata de comparaciones. Sólo es pensar con sentido común. No podría tenerme en pie si me sentara con cada uno que me invita...

—Pero yo estoy invitando a champaña.

—Porque puede pagar esa bebida, pero los que me invitan a un vasito de whisky para mí tiene el mismo valor. Y si se analiza, tal vez tenga más importancia, porque supone para ellos mayor sacrificio.

Incluso se sorprendió Clifford al oír los aplausos por las palabras de Gretta.

—Le ruego, míster Breyton, que comprenda la razón por la que no puedo sentarme.

—¿Es que no es un honor para ti estar al lado nuestro?

— 51

¡Me estás comparando a los demás! ¡Pero los muchachos se encargarán de dejar este local en lo que fue antes! ¿No era un establo?

—Veo que se ha enfadado conmigo y no es justo. Espero que al final lo comprenda.

—¡No traigas nada! —dijo el ganadero al levantarse, imitado por el abogado—. Los muchachos se encariñarán con este local.

—¡Míster Breyton! —dijo Gretta con naturalidad—. Veo que sigue enfadado, y una vez más le digo que no es justo. No podría sostenerme si aceptara las invitaciones. Cosa que debe comprender y admitir. Pero si sus «muchachos» se «encariñan» con mi local, ¡le mataré a usted! ¡Se meta donde se meta!

El ganadero iba a golpear a Gretta, pero Clifford, que estaba muy cerca, al levantarse dio con la mano del revés, haciendo caer al ganadero, sobre el que se lanzaron varios clientes.

Minutos más tarde llevaban al hospital al abogado y al ganadero. Este decía una vez en la cama inmediata a la de Breyton:

—No debió querer golpear a Gretta.

—¡Esa ramera...! Negarse a sentarse al lado mío. ¡Van a dejar ese local convertido en un desierto! No va a quedar un vaso sin romper. Ni una silla para sentarse.

Los doctores que les atendieron, lo hacían sin la menor consideración, arrancando gritos de dolor. Los otros doctores sonreían al verles.

Breyton tenía fama de soberbio y mala persona. De ahí que lo sucedido fuera motivo de satisfacción colectiva.

Las heridas fueron más alarmantes que graves, y el ganadero dijo al capataz cuando fue a verle al hospital:

—Nada de molestar a Gretta hasta que yo pueda estar presente.

El abogado no dejaba de insultar, jurar y maldecir. Aunque reconocía que la culpa fue del ganadero por intentar golpear a Gretta, le echaba la culpa a ella.

Gretta riñó a Clifford por haber intervenido.

—No me hubiera golpeado...
—Estaba dispuesto a hacerlo.
—Tiene un equipo muy peligroso.
—Pero si lo que le estabas diciendo era muy razonable. No te podrías mover si aceptabas las invitaciones. Hay que ser demasiado bruto para no comprenderlo.
—Es que se considera único. Le enfadó que le rechazara como esposo. No se da cuenta que debe tener cerca de treinta años más que yo. Cuando le veo entrar suelo esconderme en mis habitaciones. Esta vez me ha sorprendido en el *saloon*.
—Pues lo que le ha sucedido esta vez es posible que le sirva de lección.
—No lo creas. Cuando cure de las heridas, volverá a armar otra y me asusta que los salvajes que tiene de vaqueros hagan de las suyas.

CAPITULO VI

—He venido porque me han dicho que había llegado mi hermano...

—Tú sabías dónde estaba Clifford, ¿verdad?

—No he sabido dónde estaba, por eso quiero verle y hablar con él.

—Ya ha tenido un buen escándalo en el local que hay al lado... Ha golpeado a un ganadero que dispone de un equipo de verdaderos salvajes, así que no lo va a pasar nada bien cuando ese ganadero empuje la jauría que tiene como vaqueros. Ha defendido a la dueña del local... y ha golpeado al ganadero.

—Supongo que será justo lo que ha hecho. Gretta es una buena muchacha.

—Así que conoces a la dueña del local a que me estoy refiriendo...

—No te sorprenda. Muchas veces hemos hablado cuando yo salía o entraba en la residencia, y ella estaba en la puerta de su local. Parece una muchacha muy agradable. Supongo que seguirás sin hacer caso a los anónimos que han estado llegando de Butte.

—Sabes que no atiendo los escritos de cobardes que no se atreven a dar su nombre y firmar lo que en realidad es una denuncia.

—¿No te das cuenta que van a terminar por descubrir lo que me j susta puedan hacerlo? No creas que por ser gobernador te librarás de la cuerda.

—Ya te he dicho que no te metas en mis asuntos.

—Me preocupas tú... Y veo que te están engañando. ¡Sin querer, he oído conversaciones que has sostenido con esos amigos tuyos! Sobre todo, lo que un día decía Jeffries...

—Así que oías sin querer... ¿no es eso?

—Pues aunque no lo creas es verdad. Jeffries y ese cerdo abogado Lastron son los que te están extorsionando. No comprendo que les toleres que lo hagan.

—Vuelvo a decir que no te metas en mis asuntos...

—No me gusta que te lleven a un callejón sin salida.

—Has debido quedarte en el rancho...

—Es que estoy muy asustada. Lo que he podido oír, sin querer, aunque no lo creas, me asusta, porque indica que falsearon los escrutinios. Y lo que ellos dicen es que te trajeron a esta casa de una manera ilegal. Y he estado pensando estos días que pasé en el rancho que parece muy difícil que se falsearan tanto los escrutinios con los vigilantes que tenía el otro candidato. ¿No te estarán engañando para tenerte en sus manos con amenazas? ¿Has comprobado si en efecto se falsearon los resultados? Si tienes a Clifford aquí, ¿por qué no le encargas que averigüe la verdad? Tienes dos buenos amigos en los que confío ciegamente. Me refiero a Alan y a John. Ellos, desde los cargos en que les tienes, pueden ayudarte. ¡Voy a terminar por ser una mujer política! —añadió riendo Jenny.

No pudo replicar porque entró Clifford, que fue abrazado por su hermana.

—¡Tanto tiempo sin saber de ti! ¿Dónde has estado metido?

—Pues no creas que he estado tan lejos. Me convertí en cazador y no me ha ido mal. Tengo un socio y entre los dos hemos comprado una parcela de forma cuadrada con nueve millas de lado.

—Eso ha de ser muy extenso, ¿no?

—Treinta y seis millas cuadradas. ¡Muy extenso!

—¿Muy caro?

—Bastante. Quince mil dólares en total.

—No será lo de Fort Peck... ¿verdad? — dijo Shane.

—En efecto...

—Así que has estado por aquí...

—Pero si he sabido que eras el gobernador cuando he llegado a esta ciudad. Y fue mi socio el que estuvo aquí para terminar de pagar lo que teníamos sólo en opción. ¿Qué hay de ese ferrocarril que parece están interesados en él las compañías más solventes y los Bancos más potentes? Se habla por allí de ello. Han querido visitarnos unos emisarios, porque nuestra propiedad es en parte una llanura inmensa, pero sospecho que esos visitantes no eran de la constructora, sino de esas avanzadillas que estrenó el Unión Pacífico, que ayudaron a construir ese ferrocarril sobre cadáveres y regado con lágrimas. Sospecho que van a resucitar el sistema. Y eres tú, como gobernador de este estado, el que tiene que impedirlo...

—Si no me han dicho nada aún...

—¿Es posible?

—Como lo oyes...

—¡Pero si están para entrar en Montana con los raíles...! ¿Quién es el que les ha autorizado a entrar en este estado? ¿Crees que ellos van a entrar con esos raíles sin tu autorización? Lo que pasa es que alguien se ha encargado de sustituirte. ¿Qué es lo que pasa?

—Yo te lo diré —exclamó la hermana.

—¡Tú te callas! —dijo el esposo.

—Yo te lo diré —exclamó la hermana.

—¡He dicho que te calles!

—Allan terminará por darse cuenta de que esos anónimos que llegan de Butte no los atiendes porque te da miedo. Temes que una de las personas que acusen seas tú, porque esos amigos que te están extorsionando deben estar cometiendo toda clase de abusos que se les antojen.

—¿Por qué no dices la verdad, Shane? Encuentro muy extraño lo que oigo en el local de al lado. Parece que esta casa no es muy respetada. Anoche estuve oyendo una conversación sostenida en una mesa cercana a la que yo ocupaba, que indica algo que no podía admitir ni comprender. Hablaban de unas líneas de transportes que deben ser de suma importancia, por las cifras que barajaban los comentaristas.

Hablaba uno de ellos, que ya estaba todo hablado, y que la concesión se haría a favor de un tal Max Dantrum. Pero lo que de verdad me asombró es que el que aseguraba sería la concesión para ese personaje, afirmaba que si era preciso presionar al gobernador, se haría, aunque ya estaban todos los de la comisión de acuerdo. Vine dispuesto a hablar contigo de esto. ¿Qué es lo que pasa en realidad? ¿Por qué no has dimitido por enfermedad? Lo que oí anoche indica que hay una corrupción total en la administración que presides... Tus amigos venden los favores y seguro que han de cobrar bien. Esas líneas de transportes han de ser de suma importancia.

—Hay una comisión encargada de investigar las propuestas que se han de presentar con ofertas que se estudian, y las más convenientes son las que se aceptan.

—Los que hablaban indicaban que la comisión ya está de acuerdo en dar la concesión a ese tal Dantrum de Butte...

—Es una de las cosas denunciadas en el anónimo que me enviaron a mí...

Clifford fue informado de lo de los anónimos.

—Aunque estoy de acuerdo contigo en que es una cobardía ocultar nombre y dirección, hay que pensar que pueden existir circunstancias que así lo aconsejen, como es el pánico. A veces, decir abiertamente las cosas puede suponer un suicidio. Y en esas condiciones, es justo que se oculte el nombre, pero que se haga saber lo que ocurre y que debe ser cortado.

—Mira, Clifford, aquí los que gobiernan Montana son el senador London y el abogado Lastron.

—Te he dicho que...

—No te enfades con ella.

—Le he dicho que debe averiguar si es verdad lo que le tiene asustado. Le están extorsionando porque le han hecho creer que se falsearon las actas de los escrutinios. Y yo le he dicho que es difícil que con los vigilantes que debía tener el otro candidato se pudiera falsear una votación tan importante.

—Ella tiene razón —dijo Clifford.

—Es que...

—Mira, Shane, las circunscripciones electorales suelen archivar los resultados de los escrutinios. ¿Por qué no has pedido esas copias valientemente? Así sales de dudas, y si, como empiezo a admitir, te están engañando para tenerte en sus manos, empiezas un castigo ejemplar.

—Sólo puede contar con dos amigos de la universidad que sostiene frente al deseo de esos granujas que le rodean. No quieren a John Ruch como juez de Helena, y odian y temen a Allan Riddler como fiscal. Ninguno de esos dos son estimados por los que tienen como en una red a este tonto y confiado.

—Pero porque parte de un principio que no sabe si es verdad, y de serlo, lo que tiene que hacer es dimitir. No necesita estar en la residencia. ¿No trabajaba bien de abogado? ¿No tiene un rancho que le permite vivir con lujo? ¿No tiene fortuna personal? En las condiciones en que está, no comprendo que pueda permanecer con dignidad. Lo primero que vamos a hacer es averiguar lo de esos escrutinios falseados. Sospecho que no es posible que se falsearan; tiene razón Jenny. El contrario no lo habría permitido. ¡Te están extorsionando cuando la realidad ha de ser que estás perfectamente legal en esta residencia! Y cuando lo comprobemos, vas a hacer una limpieza ejemplar. Te ayudaré a hacerla. Como con aquellos granujas de las acciones. Es el mejor castigo.

Shane admitió el diálogo sin oposición a la esposa que razonaba muy bien. Y ayudada por el hermano, era más convincente.

Horas más tarde, era Clifford el que hablaba con el fiscal y el juez de Helena.

No fue nada difícil convencer a los dos para la investigación de que habló Clifford.

El fiscal general era el que podía hacerlo sin llamar la atención, como asunto rutinario y de archivo. Se debía hacer como si no se considerara importante.

Jenny confesó a su hermano que había indicado a su padre que localizó a Clifford y que esperaba verle en Helena.

Clifford convenció a Shane para que en atención a los anónimos llegados de Butte empezara por cambiar el juez, ya que todos insistían en que estaba al servicio de un propietario de varios locales de diversión, entre los que figuraban casas de juego y prostitución. Intimo amigo del senador federal London eran en realidad los dos dictadores de Butte.

Shane recordó a un compañero de universidad que era de fuerte carácter, duro, recto y justo.

Estuvieron tres años de compañeros en el mismo cuarto. Y le mandó llamar. La entrevista duró dos horas y salió de la residencia para fiscalía, ya reparada. Al salir de la fiscalía era el juez de Butte. La ciudad «tabú» de Montana, y en la que había que admitir que imperaba la ley de Mackenzie, con sus docenas de ventajistas y pistoleros. Apoyado por el senador London.

El nuevo juez de Butte al hablar con el fiscal, decidieron la creación de dos agentes judiciales al servicio del Juzgado, y con independencia del *sheriff*, que estaba mediatizado por Mackenzie a través del alcalde, que por llevar tiempo excesivo se convocarían elecciones para su designación.

Ellery había reído en Fiscalía, cuando el fiscal le dijo:

—¡No sabes en qué infiernos te estamos metiendo! Estás a tiempo de renunciar. Los que hablan de esa ciudad minera dicen que no tiene nada de agradable.

—He dicho a Shane que estaba dispuesto. Con los dos agentes judiciales que voy a nombrar, espero poder conjurar problemas importantes. Y si la ley falla por burlarse de ella, queda el recurso del plomo. Lo que hace falta es que no protestéis si hemos de recurrir a ello.

—Puedes ir tranquilo. Estaremos ciegos y sordos si es necesario. Es lo que están haciendo hasta ahora los cobardes que son autoridad allí.

De Butte a Anaconda los mineros financiaron un ferrocarril para el traslado del mineral a la refinería. En cambio, de Helena a Butte había que ir en diligencia. Aúnque se esperaba la terminación de un ramal que uniera el de Butte a Anaconda al de Helena.

Ellery visitó a dos ganaderos amigos y compañeros de estudios llamados Jules Payne y Victor Wayton, a quienes agradó la idea de ser agentes judiciales en Butte, al lado de Ellery.

—Es posible —les dijo reunido con los dos— que necesitemos algunos vaqueros en determinados momentos, porque lo que dicen de esa ciudad no aconseja tranquilidad. Es una ciudad como muchas otras del vasto Oeste, en la que hay quienes imponen su «ley», que no coincide siempre con la del Código ni la Constitución.

—Esto quiere decir que no vamos a sestear...

—Eso ni soñarlo. Pero vamos a tener a nuestro lado a los militares si hace falta.

—Por lo que dices —exclamó Payne—, Butte es una especie de isla dominada por un «amo», ¿no?

—Es lo que me han hecho ver.

—En ese caso, el Colt es ornamento obligado, ¿verdad?

—Y necesario frente a la fauna de que me han hablado en Fiscalía. Ventajistas del naipe y del Colt...

—Un grupo de aristócratas, ¿no...?

—De la aristocracia del vicio. Acompañados por las damas de prostíbulos elegantes, según me han informado.

—No hay duda que podemos estar distraídos —dijo Wayton riendo.

—¿Es conocido el juez que hay en Butte?

—Es un hombre de unos cincuenta años —dijo Ellery—. Suponen que ha de estar asustado porque no hay duda de que está al servicio de los mineros y de ese tal Mackenzie que tiene verdaderos palacios del vicio. Es de suponer que el *sheriff* será otra pieza más de esos servidores de la «ley especial» de Butte.

En Butte no había duda de que Mackenzie era el personaje central de la ciudad. Como decían entre los vecinos de esa población, era el «hombre fuerte». Se decía que el senador London era socio suyo, pero sin que se comentara ni se asegurara, ya que de hacerlo su condición de senador federal peligraría. Por eso la referida sociedad se llevaba en secreto.

Una de las denuncias que se hicieron en anónimos se refería al abuso de Max Dantrum, queriendo la concesión de los transportes Bill Meyer, como Max era amigo de Mackenzie, era el que firmaba contratos con los comerciantes y sus carros rodaban por las carreteras cuando no podían hacerlo. Era Max el que movía sus carros como el concesionario, en virtud de fuerza y no de ley.

La concesión de Bill terminaba tres meses más tarde, y por eso Mackenzie pidió al senador que consiguiera en Helena que se le diera a Max, en la nueva etapa que se rumoreaba iba a ser por veinte años esta vez.

El senador estuvo en Helena, y al regresar a Butte aseguró a Mackenzie que la concesión se iba a dar a Max, que debía estar tranquilo y que podía aumentar sus carros, porque la concesión iba a ser más amplia.

Max movía sus carros, lo que no podía hacer era movilizar diligencias que era lo que más le interesaba en esa nueva etapa.

La nieta de Bill, Rita, había estado varias veces en Helena para protestar por la invasión ilegal de los caminos por los carros de Max. Pero no fue atendida.

Pero como se hizo amiga de la esposa del gobernador por hacerse la ropa en la misma modista, le habló un día del problema que tenía con los carros de Max.

Le habló a Jenny del abuso que suponía el que obligaran a los comerciantes a firmar contratos con Max y no con Bill Meyer, que era el que tenía la concesión oficial.

Jenny dijo que hablaría con su esposo.

—Ya no merece la pena hablar de lo que sucede, sino como faltan tres meses para que termine el plazo de nuestra concesión, sería más interesante que le hablara para el nuevo concurso en el que se decidirá quién va a ser el nuevo concesionario.

—¿Quién lo designa? —dijo Jenny.

—Es concurso. Se presentan pliegos y el que mejores condiciones proponga es al que se debe dar esa concesión, pero si la diferencia es poca entre varios, la recomendación acabará por influir en el ánimo de la comisión.

Jenny habló a su esposo de Rita y de su problema.

—¡Es una corrupción completa! —decía Jenny—. Me ha dicho Rita que ya está asegurando su competidor que la con-

— 61

cesión será para él. Lo asegura en Butte el senador, que es amigo del competidor de la muchacha. Es decir, del abuelo de ella, que es el que termina ahora su concesión que ha sido compartida por los carros que sin derecho alguno han estado trabajando y asustando a los comerciantes para que contrataran con Max y no con el abuelo de Rita. ¡Una vergüenza!

—Hay una comisión encargada de estudiar las propuestas que se presenten.

—Pero el senador ya sabe lo que esa comisión va a dictaminar. Y nada de estudio de propuestas. Se da por hecha la decisión que aprobará la comisión.

—¿Por qué no quitas esa comisión —dijo Clifford— y das la decisión al juzgado? Sabes que puedes fiar en el juez, y que no se dejará sobornar ni amenazar. Que se haga justicia de verdad. Yo no digo que vayas a pedir se inclinen a favor del abuelo de esa muchacha. Si sus condiciones son mejores, debe ser la designada. Si lo dejas en manos de esa comisión, ya sabes lo que pasará. Y por lo que asegura el senador, no importan las condiciones. Se aprovechará ese amigo del senador para que lo que entregue por ese favor salga de las condiciones, ya que seguro de que no será la propuesta la que demuestre su mejoría, no le importará que las ofertas sean inferiores a las de los otros.

Como estaban llegando certificaciones de los condados respecto al resultado de la votación en su día para gobernador, en las que los votos a favor de Shane eran superiores en varios millares a los obtenidos por el contrincante, se iba confirmando que no hubo falsos escrutinios como le habían hecho creer y se enfadaba consigo mismo por haberse dejado engañar.

—Creo que tienes razón. Voy a ordenar que las propuestas para esa concesión pasen al juzgado, y que sea allí donde se decida. Pero lo voy a hacer un día antes de la fecha dedicada para la comisión. Así va a ser más dura la situación para ese cobarde de London. Y ese Max seguirá haciendo gastos por la seguridad que le dan de que será el que durante veinte años tenga la concesión. Los dos merecen un buen castigo.

Un amigo del senador había sido designado presidente de esa comisión y era el que aseguraba al senador que la concesión sería para Max Dantrum. Que seguro del éxito, invitaba a champaña al senador en el local más importante de Mackenzie.

El presidente de la comisión encargó al senador que no comentara nada en ese sentido. Y el senador y Max aseguraron que nada dirían.

Sin embargo, trascendió lo de las compras y encargos que Max estaba haciendo. Uno de los carreteros de Max dijo a Rita en un almacén donde se encontraron:

—¿Qué vais a hacer con las diligencias y los carros si no eres la elegida?

—No sé qué decidirá mi abuelo. Pero si es por veinte años, tendríamos que ir a otras zonas a concursar. Lo que no haríamos nunca es vender material ni ganado.

—Si es mi patrón el elegido, ofrecerá un buen precio por ese material...

—No creo que mi abuelo le vendiera una mula.

—¿Y para qué va a guardar todo eso?

—Ya lo he dicho antes. Para concursar en otras líneas.

CAPITULO VII

Max estaba en el local preferido de Mackenzie, con éste y el senador, que iba a marchar a la capital federal por reunión del Senado.

—Están trabajando con rapidez. En Bozeman me han hecho cuatro diligencias. Son ligeras y espaciosas. Ocho viajeros. El viejo Bill tendrá que vender el material, que tiene bastante bueno, por cierto. Tendrá que darlo en el precio que yo ponga.

—Los carros pueden ser comprados por ganaderos. No se podrá abusar. Las diligencias es distinto asunto.

—Han comentado los carreteros de Bill que piensa acudir a otros concursos. Y el hecho de tener el material de que dispone será un factor determinante en favor de su propuesta.

—Los carros podrán andar como han estado haciendo los suyos —dijo Mackenzie riendo.

—¡No dejaremos que lo hagan!

—¿No lo ha hecho usted?

—Yo no les dejaré que muevan un solo carro.

—¿Qué pasará con las postas que fueron levantadas por Bill y el terreno que las rodea, que es de él?

—Trataré de comprar pagando bien.

—¿Qué tardará en poner postas...? Es un inconveniente.

—Cambiaré el emplazamiento y levantaré nuevas postas.

—¿Qué tiempo queda a Bill de la concesión?

—Poco más de un mes.

—Volveré antes —dijo el senador—. Y celebraré su triunfo en su compañía.

—Les estoy muy agradecido.

—Ya veremos cómo demuestra su gratitud —dijo Mackenzie.

—Será muy conveniente que antes de reunirse la comisión entregue usted algo al presidente de la misma —dijo el senador—. Es lo que le he dado a entender. Para usted supone un gran negocio.

—Estoy gastando mucho en material encargado con toda rapidez... Pediré un crédito al Banco. Y no olvidaré al presidente de la comisión. Puede estar tranquilo.

Al salir con el senador del *saloon*, encontraron a Rita.

—Os va quedando poco —dijo Max.

—Parece que está gastando una fortuna en material. ¿Es que sabe que le van a conceder la línea ahora? ¿El senador...?

—Yo nada tengo que ver en este asunto.

—Pero tiene amigos valiosos en Helena. ¿Es cierto que ha encargado diligencias? Han comentado que se las han hecho en Bozeman. ¿Y las postas? Las que hay son nuestras.

—Si eligen mi propuesta, levantaré nuevas postas.

—¿Qué tiempo va a necesitar para amortizar los gastos que está haciendo? Nosotros tenemos el rancho y el ganado. Si usted no lo consigue, ¿qué hará? Le han permitido que contrate con comerciantes y que sus carros rueden sin permiso. No hemos querido peleas ni sangre.

—Pues si me eligen a mí, tus carros no rodarán.

—No tema. No lo haríamos.

—Es que no os dejaré...

—Vaya. Parece que habla como si ya lo hubiera conseguido. Todo lo que está haciendo indica que tiene confianza en el éxito.

—Es que mi propuesta es buena...

—¿La suya o la del senador? —dijo la muchacha riendo al retirarse.

—¡No me agrada que hable así esa muchacha! No ha debido salir conmigo del local —dijo el senador—. Es lógico que piense así...

Rita dio cuenta a su abuelo de lo que hablaron.

—Es Mackenzie el que ayuda a Max —dijo el abuelo—.

— 65

El senador hace lo que dice el otro. Y el gobernador está al servicio de ellos. No te hagas ilusiones. Le darán la concesión... Por eso está gastando en diligencias y en carros.

—¿Qué le pasaría si no le concedieran esas líneas...?

—Lo que nos interesa a nosotros es lo nuestro.

—Hablé con la esposa del gobernador...

—Creo que el gobernador engañó a todos. Hace lo que todos esos granujas le dicen.

—Pero si él se interesa por nosotros...

—¿No estás viendo lo que gana ese hombre? ¿Crees que gastaría si no tuviera una seguridad? Es mucho lo que está gastando. Ha encargado diligencias en Bozeman. ¿Sabes lo que vale cada diligencia?

—Pues yo tengo algo de esperanza. La esposa del gobernador es muy amable.

—No te hagas ilusiones. Luego es peor.

—¿Cuándo se reúne la comisión? ¿Se sabe algo?

—No pueden tardar ya... Falta un mes para la terminación de nuestro compromiso. Y se suele reunir días antes de terminado el plazo.

El gobernador, hablando con Clifford y el juez, dijo:

—He estado pensando y lo que vamos a hacer es que la comisión se reúna, pero el presidente lo serás tú como juez. Estudiarás las proposiciones de cada pliego y se hará justicia. Así se respeta a la comisión y se evitan comentarios.

Los tres estuvieron de acuerdo.

Fueron convocados a la residencia los componentes de la Sección Transportes y con ellos la comisión encargada del estudio del concurso de las distintas propuestas para la concesión de líneas de diligencias y carga.

Reunidos los de la comisión, el gobernador les dio cuenta de que el juez presidiría la comisión. Y para ganar tiempo sin que se pudieran mover, fueron a la Sección de Transportes para reunirse.

Eran sólo cuatro los pliegos presentados al concurso. Que se abrieron y se fueron estudiando. El de mejores condiciones con la ventaja además de tener diligencias y carros en abundancia, aparte de poseer en propiedad las postas, era el de Bill Meyer.

Los reunidos se sorprendieron del pliego presentado por Max. Era inaceptable a todas luces. No comprendían que se pudiera presentar un pliego en esas condiciones. La diferencia con los otros tres era enorme. El que era presidente, al ver ese pliego, se quedó asombrado.

En las dependencias oficiales, estaban los que habían presentado pliegos con propuestas.

Max estaba sonriente pues había llegado el día anterior a Butte. Y le habían vuelto a asegurar que sería el suyo el pliego designado.

Se había hecho un estudio meticuloso de cada pliego. Y las ventajas del presentado por Bill eran tan indudables que aun haciendo el estudio detalllado se apreciaba que no había competencia posible.

La ventaja de poner en servicio inmediatamente las diligencias y los carros con postas al servicio de viajeros era tan superior que no hubo la menor discrepancia ni oposición a ser elegido Bill como concesionario durante veinte años, de las líneas detalladas en el documento que se leyó a los que estaban allí.

Bill, que consideraba que sería para Max, no se molestó en acudir ni dejó que lo hiciera Rita.

La reacción de Max no podía ser más violenta. Insultó a los que decía le habían engañado, y le metieron a realizar gastos que eran su ruina. En su furor descubrió al senador como el que más le había engañado y le había dado seguridades.

—¿Y con este pliego podía aspirar usted a que se le concediera? —dijo el juez—. Vea la diferencia entre el suyo y el de los otros tres. ¡Creía que se le iba a conceder sin estudiar los otros pliegos!, ¿verdad? Y así resultaría usted tan beneficiado. ¡Nunca se habría elegido el suyo! Antes se declararía desierto el concurso.

Salía convertido en una fiera; era verdad que suponía su ruina completa ese fracaso. El capataz, que le estaba esperan-

— 67

do en el *saloon* inmediato, reía al ver entrar a Max; pero en el acto se dio cuenta del disgusto que llevaba ese hombre.

—¡Nos han engañado! Otra vez a Bill. Y por veinte años. Tendré que vender a Bill las diligencias y los carros. ¡Si quiere comprar y paga lo que me costó!

—¿Qué ha pasado?

—Han afinado mucho todos ellos. Y no hay duda de que la mejor oferta es la de Bill. Sólo nos salvamos si hacemos lo de antes. Mover los carros y hacer contratos.

—Lo haremos.

No contaban con el juez, ya que al día siguiente apareció en el periódico la nota en la que se prohibía contratar mercaderías a quien no tuviera la concesión y los carros que se sorprendieran en los caminos con mercaderías serían incautados y destruidos.

Un jinete cabalgó hasta el rancho de Bill, y al desmontar sin detener la montura, hizo saber que había sido elegido concesionario por veinte años.

Rita, que estaba oyendo desde el comedor, salió corriendo y se abrazó a su abuelo.

—¿Qué me dices ahora? ¡No había solución y no debía hacerme ilusiones!

—¡Es una gran sorpresa! No lo esperaba.

—Te decía que era una mujer muy agradable.

Para los carreteros también era una gran sorpresa. Y se mostraron muy alegres porque suponía la seguridj de trabajo durante muchos años. No tardaron en estar todos en las naves en que tenían el material.

El viejo Bill les invitó a beber. Rita estaba loca de alegría. Y Bill pidió que lo prepararan todo para empezar a moverse con rapidez.

Para los comerciantes era una alegría también. Preferían tener a Bill al frente de las líneas concedidas. Y la disposición del juzgado anulaba los contratos firmados con Max.

Cuando llegaron a Butte Max y el capataz, para Mackenzie era una sorpresa que no creía.

—¡Tanto hablar de la influencia del senador...! —decía Max—. Tengo que vender carros, diligencias y animales. Eso es lo que he conseguido con fiar en el senador. Me ha hecho gastar lo que no tenía. Ahora a que Bill quiera comprarme carros y diligencias. Yo me he estado riendo de la nieta cuando me encontraba de ella, y ahora... ¡Maldito senador...!

—¿Por qué no guarda el material y acude al primer concurso que salga? —decía Mackenzie.

—Será lo que haga. Presentaré pliegos, pero no como el que presenté ahora, ya que contaba con la concesión, estuviera en las condiciones que fuera...

—No comprendo esto —decía Mackenzie—. Parecía que estaba resuelto. Es lo que decía el senador. Creo que ese cerdo que está en la residencia nos está engañando a todos.

—No han hecho caso alguno al senador... Decía que el presidente de la comisión le había asegurado que no había duda alguna.

Belinda, una de las empleadas más bellas que tenía Mackenzie en el *saloon* en que vivía y estaba más tiempo, odiaba a Max, y al saber el fracaso del que se lamentaba, se alegró.

—¿Qué le pasa a Max? —dijo Belinda al *barman*.

—Que no ha conseguido lo que decía estaba seguro. ¡Han vuelto a nombrar al abuelo de Rita.

—¿No decía que estaba seguro?

—Es lo que aseguraba. Pero ha fallado.

—¡Cómo estará Rita de contenta!

—Es para estarlo. Esta vez son veinte años.

Los clientes comentaban por ser muy conocido Max y por haber hablado mucho de que le iban a encargar la concesión. En general había alegría por su fracaso porque no era agradable a nadie.

Una nueva noticia hizo olvidar ésta. Peter London, hijo del senador y Donald Mackenzie, hijo del dueño de tantos *saloons*, habían disparado en una discusión por el juego sobre dos vaqueros del rancho de Bill, abuelo de Rita. El juez, que estaba en el local, dijo que el *sheriff* se hiciera cargo de ellos y los llevara a una celda, haciendo que se presentaran testigos para asegurar que se defendieron cuando los vaqueros iban a disparar sobre ellos.

—Nada de detenerles —decía el padre de Donald.

— 69

—Deja que se hagan las cosas bien —añadió el juez—. No te das cuenta de que hay peligro de estampida. Se les quita de la circulación y haz que vayan al juzgado a declarar que se han defendido. Cuantos más testigos mejor. Con esas declaraciones les llevó rápidamente a la Corte y el jurado te encargas de que digan que son inocentes y ya no podrán volver a juzgarles por este delito.

Convencido de que era lo mejor, se hizo lo que decía el juez.

Mackenzie hizo que se presentaran en el juzgado catorce testigos que decían lo mismo. El juez dio una relación a Mackenzie para que fueran visitados ya que iban a actuar de jurado.

—En dos días, ya estará arreglado todo —decía el juez—. Pasado mañana lo llevo a la Corte y quedan en libertad.

Mackenzie bebió con el juez y celebraron la solución.

Pero ninguno de los dos podía pensar en el desastre que iba a seguir a ese preparativo. Por la tarde se presentaron Ellery, Victor y Jules. El juez se sorprendió por la orden que le presentaban en la que decían que quedaba destituido y Jules y Victor se hicieron cargo de la oficina-prisión al saber que había detenidos.

El juez, aterrado, trató de decir que los detenidos lo estaban sólo para ir a la Corte al día siguiente. Aseguraba que se habían defendido y que podían quedar en libertad. Pero Ellery se había informado en el bar en el que entraron a beber.

Conocía lo que pasaba con ese dueño de locales, y al saber que uno de los asesinos era su hijo, encargó a Jules y a Victor mucho cuidado.

Y él abandonó el despacho y fue al cuartel de los militares donde había estado poco antes para pedir ayuda y que se hicieran cargo de los dos detenidos.

No quería que asaltaran la prisión los ventajistas y pistoleros que obedecían al padre de uno de los detenidos.

Mackenzie estaba en el rancho de un amigo. Aunque la verdad era que allí vivía la que decían se iba a casar con él, que era viudo.

Cuando regresó al pueblo, los detenidos estaban en el cuartel a disposición del juez, pero custodiados por los militares.

El juez destituido no quería enfrentarse con el padre de Donald. Le iba a culpar y con razón, así que lo que hizo fue huir.

Estaba seguro de que Mackenzie le mataría si se enfrentaba a él.

Había sido una fatalidad inesperada, pero eso no serviría para calmar a ese padre. Había ordenado que visitaran a los que figuraban en la relación dada por el juez.

El juez se llevaba lo que no abultaba y que le serviría. Unos dólares que tenía ahorrados en la casa en que estaba hospedado hacía ya tres años.

Belinda en el *saloon* estaba pendiente de la puerta. No quería perderse el espectáculo de la entrada del patrón. Era la mujer más dichosa al saber que Donald estaba detenido por un juez de verdad, que le había llevado con los militares para evitar que los ventajistas y pistoleros asaltaran la prisión.

Era Donald un tipo despreciable. Y el hijo del senador, otro como él. Eran los niños bonitos de la ciudad. Gozaban la mayor impunidad. Nadie se atrevía a meterse con ellos.

Donald andaba tras de ella y eso que le hablaba de una forma que sabía era una locura. Pero le odiaba intensamente.

Mackenzie entró ya tarde y con naturalidad. Pero el encargado del *saloon* le dio cuenta en el acto.

Apartó al encargado y salió corriendo. Fue al juzgado y entró sin llamar en el despacho del juez.

—¿Qué desea? —dijo Ellery.

—¿Dónde está mi hijo?

—¿Quién es su hijo?

—Estaba esperando a que le llevaran a la Corte para dejarle en libertad, porque se defendió de dos vaqueros que quisieron disparar sobre él. Mi hijo y el del senador federal London.

—No se preocupe. Si es así, una vez visto en la Corte se les dejará en libertad.

—Deben dejarle salir ahora mismo.

—No se pueden hacer las cosas así.

— 71 —

—¿Dónde está el juez...?
—Ha debido marchar a su casa.
—Tú, ¿quién eres?
—El nuevo juez de Butte. Y su hijo está en el cuartel de los militares. Se harán las diligencias necesarias y cuando le llevemos a la Corte, se aclarará lo sucedido. Parece que han matado a dos vaqueros.
—Porque los vaqueros iban a disparar sobre ellos.
—Todo se aclarará, debe estar tranquilo.
—Estaré tranquilo cuando me lleve a mi hijo.
—Tendrá que esperar...
—¡No se da cuenta de lo que hace...!

Jules y Victor, que estaban sentados en un rincón, se levantaron a la vez los dos.

—¿Amenazando? —Dijo Wayton.

De los puños de uno iba a los del otro.

—Podéis encerrarle en una celda. Y llamáis a un doctor para que le cure en la misma. No me gusta que me amenacen.

Era una desagradable experiencia para Mackenzie. Verse en una celda cuando había sido él el que indicaba aquellos que debían ser encerrados. Ahora era él el que estaba en la celda y sin el juez a su servicio.

Y los que no se adaptaban a una realidad que les era desconocida, eran los dos detenidos. Les tenían encogidos al verse rodeados de militares. Y cuando intentaban hablar con algunos de los que les rodeaban, no respondían o les mandaban callar.

Peter se atrevió a decir a un sargento al ver que se asomaba a la rejilla de la puerta del calabozo:

—¿Sabe que soy hijo del senador federal míster London?
—¿De veras? —dijo el sargento—. ¿Por qué está en este calabozo?
—Nos han traído a Donald y a mí. Hemos evitado que dos vaqueros nos mataran. Mi padre está en Washington. Pero cuando se entere...

CAPITULO VIII

Cuando Mackenzie vio al *sheriff* que entraba en la parte de las celdas, después de haber sido curado por el doctor al que llamaron, dijo:

—Ya es hora de que aparecieras. ¿Dónde estabas metido? ¿Sabes lo que ha pasado con Donald y con Peter? Ahora telegrafiaré al senador. Si es preciso que hable con el presidente. ¿Y el cobarde del juez...?

—Parece que ha huido. Es lo que se está comentando.

—Bueno... Abre la puerta, vamos a...

—No puedo abrir. No tengo la llave ni me dejan intervenir. Hay dos agentes judiciales que son los que le golpearon. ¿Por qué amenazó al nuevo juez?

—Yo no amenacé...

—Para ellos, no hay duda de que lo hizo. Debió pensar que no era el juez que había...

—Me golpearon sin razón.

—Creyeron que les amenazó.

—Pero no era verdad. Y me tienen aquí encerrado. Es un abuso de autoridad.

—¡No le conviene hablar así...!

Se presentó Victor Wayton en la parte de las celdas y al ver al *sheriff* dijo:

—Al salir de esta parte, deje la placa sobre la mesa. Ha dejado de ser *sheriff*. Se convocarán unas elecciones para elegir otro.

—Me nombraron el juez y el alcalde.

—Repito lo que ha comentado el juez.

— 73

Mackenzie escuchaba en silencio y un poco encogido.

—¡Usted! —dijo Victor a Mackenzie— ¡Puede salir! ¡Y no vuelva a amenazar a nadie!

—Me interpretaron mal. Tiene que creerme.

—¡No lo repita! Puede marchar —añadió Victor abriendo la puerta de la celda.

Empleados y clientes le rodearon así que apareció en el salón. Todos expresaron su alegría por volver a verle en libertad.

—¿Qué se sabe de Donald?

—Baldwin, Clemens y Synders se han preocupado de él y han visitado el fuerte.

—¿Le han llevado comida de un hotel?

—No lo han admitido los militares. Comen lo mismo que los soldados.

—Pero si yo lo pago...

—No lo dejan. Han insistido los abogados.... ¡y nada!

—¡Eso es un abuso!

—Le aconsejo que no se exprese así. ¡Esta ciudad ha cambiado de forma radical!

—¿Qué abogado se ha hecho cargo de la defensa de Donald?

—Esperaban a que pudiera estar usted aquí...

—Se encargará el mismo de los dos. Así no se arman líos entre los abogados. Que ellos nombren a Synders. Es el mejor de los tres.

Hasta llegar a la puerta que comunicaba con el despacho que tenía en el salón se vio en la necesidad de saludar a clientes, jugadores y empleadas. Entre ellas Belinda, que en el fondo era feliz por las contrariedades que embargaban al que ella sabía era indeseable. Pero no podía significarse.

Olivia era otra de las empleadas más estimadas por los clientes. Se acercó a Belinda para decir en voz baja:

—¿Verdad que eres feliz? Le han tenido pocas horas encerrado, pero será suficiente como advertencia. Y su «cachorro» debe ser castigado como merece.

—Ten cuidado con lo que dices. Estás rodeada de espías. ¡No te fíes!

—Ya verás qué movimiento habrá dent... de una hora. Pero este juez ha sido listo... Si no le cambia, le habrían hecho salir de la prisión. El *sheriff* habría dejado las puertas de las celdas abiertas...

—Se ha presentado por sorpresa el nuevo juez y no se ha descuidado.

—Es extraño que estuvieran en prisión esos dos. Decían que les iban a dejar salir cuando aparecieran ante la Corte.

—Este juez debe pensar de distinta forma.

Dejaron de hablar las dos al ver al *sheriff* que iba sin placa. Al acercarse Belinda al mostrador en busca de bebida para clientes sentados, estaba el *sheriff* allí y le dijo:

—¿Qué pasa? ¿Y la placa?

—¡He dimitido...!

—¿Ahora que podrías ayudar a los muchachos?

—No están aquí. Les cuidan los militares.

—¡Deja de hablar, Belinda! —protestó el que se encargaba de atender a las que servían las mesas.

Sin dejar de atender las mesas, Belinda estaba pendiente de la puerta del despacho y recordaba lo que Olivia había comentado poco antes sobre el movimiento que habría en esa puerta.

Empleados oficiales, abogados, propietarios de *saloons* y tugurios, comerciantes de importancia... Marlon Herder, periodista. El que de todos esos visitantes sorprendió a Belinda, fue «Yellowstone», conocido pistolero nacido junto a ese río.

Se preguntaba Belinda para qué habría sido llamado ese pistolero.

El abogado Synders entró en el despacho y fue el que más tardó en salir del despacho.

—No me han dejado ver a los detenidos —dijo Synders—. El juez me ha dicho que cuando haya terminado sus diligencias y ellos me designen su defensor, me permitirá entrar.

—¿No debía estar presente en el interrogatorio a los dos?

—Ha asegurado que así lo hará. Parece que es bastante legal. Pero le bastará el testimonio de los que estaban jugando con ellos cuando dispararon. Debía haber estado usted

— 75

esas horas que le han tenido encerrado, porque los testigos habrían declarado de distinta forma a como sin duda lo han debido hacer.

—¿Ha hablado usted con ellos?

—No. No me he movido. Quería verlos primero a ellos.

—Hay que ir a hablar con los testigos. Con todos ellos, y si hacen falta más, se buscan. Iré yo al *Star*. ¡El tonto juez que marchó...!

—La idea era admirable. Estaba en marcha. Ha sido una fatalidad que se presentara el nuevo juez sorprendiendo a los dos detenidos.

—¡Ha sido una verdadera fatalidad! Haré una visita al *Star* y hablaré con los empleados.

Quedó el abogado en volver por ese local cuando hubiera hablado con los que hubieran estado allí cuando dispararon sobre los vaqueros. Conocía el abogado a los dos cachorros de coyote, como les llamaban en la ciudad. Estaba seguro por lo tanto de que habrían asesinado a los dos vaqueros.

Mientras caminaba hacia el *Star*, local que pertenecía a Mackenzie, iba pensando en que esos muchachos necesitaban un castigo duro. Se sabían con una impunidad práctica y abusaban.

Como se sabía que era el abogado de los detenidos, el encargado del local le saludó afectuoso.

Preguntó el abogado si habían sido llamados por el juez a declarar algunos de los testigos de los hechos que provocaron la detención de los dos.

—En realidad no estaban detenidos como tal detención, el otro juez les tenía así para cubrir las apariencias hasta poder llevarlos a la Corte. La fatalidad de presentarse el nuevo juez con esos agentes judiciales lo estropeó todo. Han estado en el juzgado varias personas que fueron testigos. Clientes y empleados.

—¿Los que estaban jugando en la misma partida...?

—También. Regresaron con rapidez. Parece que esos dos agentes judiciales, como les llama el juez y se hacen llamar ellos, interrogaron también. Por eso fue bastante breve.

—¿Han comentado lo que les preguntaban?

—Parece que no preguntaron lo mismo a todos. Pero lo que sí preguntaron a todos es si vieron a los vaqueros tratar de emplear el Colt.

—¿Y qué respondieron?

—Coincidieron todos en que no hicieron intención de emplear el Colt, y que creyeron que esos dos sólo trataban de amenazar y asustar. Pero dispararon tres veces cada uno. No hay duda de que fue una sorpresa muy desagradable.

—¿Lo vio usted?

—No. Me hallaba allí y ellos dispararon en esa parte.

—Pero lo que acaba de decir es lo que sucedió.

—Sin duda alguna. ¡Esos dos muchachos estaban muy engreídos por culpa de sus padres! Les gusta abusar... Y como las autoridades no se atrevían a llamarles la atención, se creían cada día más. Las jóvenes huyen de ellos como del diablo. De verdad que son odiados en la ciudad.

—Si le llaman a declarar a usted, no se le ocurra decir lo que ahora ha dicho.

—Diré lo que me indiquen que haya de decir. Pero no vi lo que pasó, mi testimonio carece de valor.

—Pero si dice lo que me ha dicho a mí...

—No lo haré. ¡Esté tranquilo...! —decía riendo el encargado, pero no podía ocultar en sus gestos que odiaba a esos dos jóvenes y que le alegraría si les colgaran.

Como sucedía al abogado, que pensaba cuál sería el resultado de una encuesta sobre ellos en la ciudad. ¡No habría tres opiniones favorables en toda la ciudad, exceptuando, claro está, a los ventajistas como ellos!

Interrogó el abogado a varios de los que fueron llamados al Juzgado, pero ninguno de ellos dijo la verdad de lo declarado.

Sin embargo, la impresión obtenida era que declararon la verdad, porque no habían sido presionados. Y esa verdad, suponía una gravedad extrema para los acusados.

Por su parte, el juez, ante el resultado de las declaraciones prestadas, llegó a la conclusión de que lo hicieron los dos jóvenes. Fue un doble crimen. Cometido en la seguridad de que no les pasaría nada, porque las autoridades no les molestarían.

Sabía el defensor que el fiscal se estaba moviendo también, interrogando a los que fueron testigos en el *Star*.

Se dio cuenta Mackenzie de que el encierro de dos días había sido funesto para su hijo.

Se presentó en el local y estuvo hablando con las empleadas y con los jugadores. Todos ellos aseguraban que dirían lo que el abogado les indicara, una vez en la Corte.

A los que no vio fue a los compañeros de los muertos, que habían declarado ante el juez la verdad del crimen cometido con los compañeros muertos. Que fueron contenidos por las armas empuñadas por los dos criminales.

Ellery, hablando con los dos amigos, decía:

—¡Vaya labor la de ese abogado! ¡No puede estar más claro que lo que hicieron fue asesinar a esos dos muchachos! Estaban engreídos por los propios padres. Han cometido infinidad de abusos y nunca les han molestado las autoridades. Creían que mientras sus padres vivieran nada les pasaría, hicieran lo que hicieran, y así se explica que tras asesinar a esos dos, se rieran mientras abandonaban el local.

—No hay duda de cuál va a ser tu condena. ¿Verdad?

—¿Es que se puede pensar en otra? Todas las agravantes que encontréis en el código se les pueden aplicar. Ni un atenuante por leve que sea... No hay más remedio que condenarlos a morir colgados. Hay que demostrar que Butte tiene legalidad y donde se ha de respetar la ley escrita, no la de los «amos» al estilo del siglo pasado. Las autoridades anteriores han estado asustadas. Habéis visto que el juez ha preferido huir a enfrentarse con el padre de esos asesinos. Si se queda, le habría matado. Lo que me sorprende es que no estén los pistoleros amenazando a todos. Les asusta el que los militares les cuelguen si aquí se exceden. Pero temo que después de esto vuelvan por sus fueros.

—Habrá temor —dijo Victor.

—Muy pasajero —añadió Ellery—. Mientras sigan en pie esos viveros donde anidan toda clase de ventajas y se impongan por el sistema que no falla, el del Colt, todo seguirá

.gual. Con algún tallo circunstancial como este. Pero erradicar el cacique, es una utopía. Sólo por luchas entre ellos hay bajas de cobardes. Pero al final se ponen de acuerdo y se reparten la hegemonía.

—Creo que Ellery tiene razón —dijo Payne.

—Vamos a sancionar a estos dos asesinos, pero después, lo que hay que enviar aquí es el Ejército. Ley marcial y fusilamientos constantes, suspensión absoluta de toda clase de juegos, y todo el que no justifique un trabajo, a trabajar en el ferrocarril o en carreteras bien vigilados. Sólo así se arreglaría esta podrida ciudad. O imitando a Nerón... Los mineros expoliando, los ganaderos robando ganado, los mercaderes vendiendo armas a los indios, los *saloons*, prostíbulos y garitos haciendo fortunas sus dueños. ¿Qué crees que vamos a hacer nosotros? Si no se suspende lo que acabo de decir y los castigos son duros, de cuerda o plomo, el que venga con ideas, será un suicida, y lo que es peor, un imbécil. Vamos a condenar a esos asesinos. Les van a colgar. Y nosotros nos volvemos a nuestros hogares.

—No agradará a Shane...

—Otro infeliz. Está todo corrupto por la administración anterior. Y es allí, en Helena, donde se ha de empezar a aplicar la verdadera medicina. Que no haya el refugio de Helena para los asustados de Butte. Ni Butte refugio para los asustados de Helena.

La noticia de que los acusados serían llevados a Butte para juzgarles en la Corte produjo una variada conmoción. El juez pidió que los militares vigilaran a los acusados hasta el final de la reunión de la Corte.

Mackenzie escuchó la impresión cruda y sincera del abogado defensor.

—No quiero engañar —dijo Synders—. Considero este asunto completamente perdido. Las declaraciones de los testigos y las contradicciones de los acusados ponen a estos muchachos bajo la cuerda. Lamento hablar así, pero no conduce a nada mentir y hacer que se conciban falsas esperanzas.

—Prefiero esta verdad. ¡Es asunto mío!

—Han sido muchas declaraciones acusatorias. Los muertos no intentaron sacar el Colt, y esas declaraciones les condenan a muerte. Es la sentencia que dictará el juez. Sólo hay la esperanza de que el Jurado no se atreva a declararles culpables.

—Pero, ¿cómo sabemos quiénes van a actuar de Jurado? No tenemos el juez amigo. Claro que este juez va a facilitar la relación si quiere seguir viviendo.

—¡Cuidado con lo que vaya a intentar!

—Sencillamente que si el juez no facilita la relación será colgado antes que mi hijo. Y desde luego, si condena a muerte y se ejecuta la sentencia, el juez y sus agentes judiciales serán enterrados aquí... ¡Es para mí una cuestión de prestigio! Muerte por muerte.

Mackenzie reunió en su despacho del *saloon* a un grupo de amigos. Y a partir de esa reunión se empezó a correr la voz de que el jurado que condenara a los acusados sería muerto en la misma Corte. O a la salida de ella.

No había un rincón en la ciudad ni en los locales donde no se comentara que el jurado que actuara estaba condenado a muerte. Y lo mismo pasaría con el juez y el fiscal. Todos los mozalbetes gritaban por las calles por lo que cobraban diez dólares cada uno.

Al principio, Ellery se reía, pero a los dos días el asunto se había complicado. Porque tanto se había extendido la amenaza que los designados para Jurados se negaron rotundamente. Se sabía en la ciudad y fuera de ella que Mackenziie podía disponer de pistoleros capaces de realizar la amenaza.

La escolta de los militares no tenía fuerza alguna ante los asustados ciudadanos.

Ellery había pensado que los jurados no fueran de Butte, sino de algún pueblo del Condado. Pero el miedo colectivo se había extendido.

Mackenzie desapareció de Butte, Sin embargo, no conocía a Ellery. Llevaron los acusados a la penitenciaría de Dakota del Sur con autorización del procurador general federal hasta que en ese estado se juzgara a los acusados. Consideraron los hechos como subversión colectiva de Montana. Autorizando a que Dakota pudiese intervenir.

El abogado, que sabía dónde se escondía Mackenzie, fue a buscarle.

—¡Qué...! —dijo riendo Mackenzie—. ¿Siguen buscando jurados?

—Los van a juzgar en base a las declaraciones que tienen firmadas por los testigos. El Juez es más difícil de lo supuesto.

—¿Y el jurado?

—No se ha conseguido nada con las amenazas que han impedido la formación de un jurado. Les van a juzgar un día de estos... Con un jurado especial que no estará influenciado por problemas locales. Se ceñirán a las declaraciones firmadas y a las confirmaciones orales que podrán hacer sin presiones ni amenazas. Si hay condena de muerte, serán ejecutados sin necesidad de traerles para ello.

La contracampaña de Ellery con sus agentes destrozaba el sistema nervioso de Mackenzie. El hecho de llevar tan lejos y fuera de Montana a los dos acusados, fue lo que aterró a Mackenzie y al senador, que había llegado por la llamada angustiosa telegrafiada por su socio. Al saber la situación en que estaba su hijo, fue a visitar a Ellery. Entró atropellando al secretario y gritando que era su vida la que estaba en juego

Victor y Jules le pusieron en la calle, sin golpearle, pero advirtiendo que lo harían si continuaba con sus insultos y amenazas.

Marchó para entrar en el salón en que estaba Mackenzie, al que dijo:

—¡Tenéis que barrer a esos que están en el juzgado! Y no temas por los muchachos. No les harán nada a ellos. Y están demasiado lejos para que les afecte.

La presión del senador, como tal y de Mackenzie que visitó a senadores y congresistas llevaron al ánimo del gobernador a pedir a Ellery que le juzgara en Butte, ayudado por los militares. Y para evitarse la complicación de los jurados, se acordó que se les juzgara en la Corte Suprema. Para el fiscal fue motivo de lucimiento. La sentencia dada por el juez de la Suprema no fue dudada.

— 81

A los cinco días se dio a conocer. La condena fue de muerte y su ejecución en fecha determinada.

El senador y Mackenzie recordaron que el gobernador les obedecía. Y era la persona que podía cambiar esa sentencia, cambiando la de muerte por el indulto.

Una vez en Helena, el senador y Mackenzie visitaron al gobernador. Visita que esperaba desde que supo la condena causada por la sentencia.

Pero se había terminado la investigación en el estado sobre el resultado de aquella votación que le llevó a él a la residencia. Se demostró que no hubo falsedad en los escrutinios. Y que la diferencia a favor suyo pasaba de veinte mil votos. Le habían estado extorsionando. Y se insultaba por haber sido tan tonto.

No sabían esos visitantes que llegaban en muy mal momento.

Dudaba en si recibirles o no. Pero prefirió enfrentarse a ellos. Le acompañaba el jefe del partido en Montana, míster Hank Silkman.

CAPITULO IX

Les saludó correcto y les invitó a sentarse.

—Conoces a estos dos amigos, ¿verdad? Durante la campaña les viste varias veces.

Era el jefe del partido el que hablaba.

—Sí. Míster Mackenzie es de Butte y tiene varios locales, algunos de ellos a nombre de otras personas. Y el senador London es socio de él en bastantes propiedades dedicadas a la misma finalidad.

—El motivo de esta visita es que por culpa de los enviados por ti al Juzgado de Butte, han cometido la injusticia de acusar y por su culpa condenar a muerte a los hijos de ellos.

—¿No han sido juzgados en la Suprema con toda garantía?

—El mal partía del Juzgado al hacer las diligencias y tomar declaración a quienes por envidia odian a nuestros hijos —habló el senador—. Todos esos que odian a los muchachos y les envidian por su fortuna que otros desean, cambiaron los hechos para presentar una defensa personal, en un asesinato. Por eso en la Suprema han condenado a muerte...

—Menos mal que hemos pensado en ti. Te procuramos que estuvieras en esta residencia para casos especiales. Y éste es uno de esos casos. ¡Tienes que indultar! No me agrada pasar factura ni recordar ayudas, pero en este caso, has de perdonar que recordemos te debes a quienes conseguimos traerte al lugar en que estás.

—He agradecido mucho la ayuda que me prestasteis durante la campaña. Y he demostrado mi gratitud...

—Has cometido algunos errores... Como el envío de un juez a Butte que se enfrenta abiertamente a todo lo que nos pertenece. Y no era eso lo que esperábamos. Ya sé que ese juez fue compañero tuyo en la Universidad... Pero antes que a esa amistad te debes al partido que ahora te pide indultes a esos dos muchachos que no hicieron más que defenderse.

Shane estaba riendo por dentro, para sí; le hacían gracia los esfuerzos que estaban haciendo para presionarle.

—Ya que se habla del partido —dijo a Silkman—, ¿recuerda en qué distritos se falsearon los escrutinios?

—Eso es un secreto que el partido no considera conveniente se propale y extienda, porque podría ser tan peligroso que incluso condujera a una anulación de aquellos resultados.

—El que yo me informe de ello no considero que sea contrario al partido. Soy el más beneficiado. ¡Soy el gobernador de Montana, y he decidido serlo con toda autoridad y respeto a las leyes del estado y a la Constitución federal!

—Supongo que no pensarás actuar por tu cuenta, olvidando la razón por la que estás en esta residencia —dijo Silkman enfadado.

—Os voy a dar una copia de las certificaciones de todas las mesas electorales con los resultados de aquella votación en cada una de esas mesas. ¡Nada de falsear los escrutinios! ¡Veintidós mil seiscientos votos más que el contrario en el cómputo global y siempre diferencias a favor mío en todas las mesas electorales! ¡Se acabó la leyenda...! ¡Nada de maniobras y falsos escrutinios! ¡Una victoria clara! Así que estoy en esta residencia con toda autoridad. Fui yo el elegido y nada de ayuda falsa... Tengo la copia de todas las certificaciones que se enviaron de todo el estado. Y que dieron mi victoria que habéis tratado de extorsionarme para vuestro juego con la amenaza de descubrir la razón de haber triunfado de manera falsa. ¡Se acabó, amigos! Vais a respetar a vuestro gobernador. Que lo soy, no por vuestras componendas falsas. Y ahora, vamos a hablar de lo que os ha traído a esta residencia. Sois vosotros los que habéis llevado a vuestros hijos a la situación en que están hoy. Les habéis hecho creer que podían incluso matar, como han hecho, sin que les pasara nada. Estabais vosotros para evitar la menor molestia. Fue la inoportuna llegada de Norton como juez lo que ha conducido al desastre para vuestros hijos, pero no olvidéis que sois vosotros los verdaderos culpables. Y si de mí dependiera, os colgaría junto a ellos. Porque les van a colgar, ya que es lo que merecen. Asesinaron a dos pobres vaqueros y después de muertos se reían sin el menor respeto a los muertos. Sabían que sus padres lo arreglarían todo. Y en el último extremo, «obligarían» al gobernador para el indulto, porque el gobernador, llevado a la residencia con escrutinios manejados, «tiene que obedecer». ¡No pienso indultar!

Se levantaron los tres visitantes.

—¡No puedes hacer eso! —gritó Silkman.

—¡No sabe lo que hace si no indulta! —dijo el senador.

—¡No seguirá en esta residencia un día más si cuelgan a mi hijo! —dijo Mackenzie.

—¡Colgarán a esos asesinos...! Y yo les colgaré a ustedes. ¡Fuera de aquí! Debiera dejarles detenidos para colgarles junto a sus hijos.

Salieron los tres, asustados y furiosos. Pero Shane cometía el error de no detener por amenazas a los tres cobardes.

Se enfadaron con él Wayton y Payne.

—Debiste llamar y les habríamos dejado en una celda a cada uno para que aprendan a respetar al gobernador.

—Se han quedado confundidos al decirles lo de las certificaciones de los colegios y mesas electorales.

—Has debido llamarnos. Porque esos cobardes van a dar guerra. No se puede ignorar que dominan a muchos ventajistas del Colt, y que son capaces de ofrecer una buena cifra... Y por dólares, esos tipos matan a sus propios padres. ¡No! No has debido dejarles marchar. Lo que no perdonan es que se les haya escapado la influencia que han tenido. Influencia que es la que hizo de sus hijos lo que son. ¿Les has dicho que no vas a indultar?

—Es cuando se han enfadado. Los dos me han amenazado.

—Nos encargaremos de ellos en Butte —dijo Payne—. Vamos a desmontar ese complejo del vicio que tienen en esa ciudad. Les vamos a cerrar varios locales. Sobre todo los prostíbulos que tienen, donde no hay el menor respeto a la edad de las mujeres.

La esposa del gobernador entró cuando se estaban despidiendo los de Butte. Se despidieron de ella, que dijo:

—¿Os vais sin saludar a Clifford? Ha venido del rancho conmigo. Llega mi padre y quiere hablar con mi hermano. Se ha enfadado por haber dicho a mi padre que localicé a Clifford.

—¿Le has dicho quién te habló de dónde estaba?

—Ni se lo diré. No cometas el error de decírselo tú... Mi padre le va a pedir que se haga cargo del ferrocarril «Gigante». Es así como le llaman en Chicago según me ha dicho papá...

—¿Cree que aceptará?

—Papá dice que le gusta demasiado su profesión para negarse. Y dirigir una obra gigantesca como ésa, sólo se consigue con mucha suerte una vez en la vida y cuando se tienen veinte años más de la edad que él tiene ahora, es mucha tentación aunque no sea vanidoso. Si habláis con él, animadle.

—Hay algo que va a ser un obstáculo para su aceptación —dijo el gobernador—. Me ha hablado con mucho cariño del socio que tiene por Fort Peck... Han comprado una parcela de las estimulantes para colonizar con un cuadro de nueve millas de lado. Con una riqueza maderera que puede ser de enorme importancia económica. Lo curioso es que ni el socio sabe nada de Clifford ni éste del otro.

—¿No sospechará Clifford de Gordon?

—No sabe que ese mayor conoce a Shane. Y después de todo, si acepta dirigir ese complejo ferroviario, no se enfadará con él por habernos hablado de él. Gracias a ello podrá ser el director más famoso de los dedicados a ferrocarriles.

—Que no va a ser nada fácil —dijo el gobernador—. Van a tratar de resucitar el Unión Pacífico.

—No creo que Clifford lo permita. Y papá al saber que estaría aquí mi hermano lo ha dejado resuelto antes de salir de Chicago. Los grupos financieros fían en mi padre y están de acuerdo en entregar a Clifford ese monstruo constructor.

—Lo que tienen que hacer con esa propiedad común con el amigo es dejar encargados o vender, aunque lo más lógico, es que el socio cuide de ello y lo explote, y que Clifford se dedique a lo suyo.

—Estáis resolviendo lo que tiene que ser él quien resuelva —dijo Wayton riendo.

Interrumpió el secretario para decir que deseaba saludar al gobernador míster Dawson.

—¡Ahí está papá! —dijo Jenny.

Wayton y Payne se despidieron.

* * *

Dyane corrió al encuentro de Clifford, al que vio a través de una ventana del almacén. Y en la puerta se volvió para decir:

—¡Glen...! ¡Es Clifford...!

El aludido, que estaba sentado junto al padre de ella, corrió hacia la puerta. Los tres formaron una piña humana. Había una sincera alegría entre ellos.

—No sabes lo que me alegra que al fin hayas regresado —decía Glen—. Me tenía muy preocupado tu tardanza. Es mucho lo que tenemos que hablar.

—Estoy en el mismo caso que tú —dijo Clifford—. Estoy contento porque he estado con mi familia. No sabía que el esposo de mi hermana Jenny, viejo amigo, es el gobernador de Montana.

—¿Es posible? —dijo Glen.

—Me sorprendió tanto como a ti. No se quién diría a mi hermana que yo andaba por aquí. Y fue exacta la dirección. He pensado mucho en ello, pero no creáis que ninguno de ellos ha confesado cómo lo averiguaron. Y a fuerza de pensar, creo haber descubierto la verdad que no se han atrevido a confesar. No podéis haceros idea de lo que pensé cuando iba hacia Helena. Porque nuestras relaciones sociales aquí no podían ser más restringidas. Hasta que ahora, durante el regreso, es cuando he llegado a una conclusión que tal vez sea la que se acerque a la realidad.

—¿Has averiguado quién es el informante?

—No lo he averiguado con seguridad. Pero sólo hay dos posibilidades, es posible que me acerque con una de ellas. Claro que ya no importa. Y me alegra que informaran a mi hermana y ésta escribiera a una dirección que para ella no era segura.

—Pero acertó —dijo Dyane.

—¿Qué hay de Silver?

—Sigue tan pesado como antes. No le hago caso. Pero cuando hablo con él, no le engaño. Pero el tiempo que pasa aquí cuando viene con el fruto del invierno, no me deja en paz. ¡Es un pesado!

—Y ahora —dijo Glen—. La ha tomado conmigo. Dice que ella está enamorada de mí y por eso no le hace caso.

—Y no es verdad, ¿no?

—Desde luego que no... —dijo Glen—. Hace años que estoy comprometido con una muchacha que se ha criado junto a mí. Hace tres años que me espera pero no sé de ella.

Clifford creyó que era el momento de las confesiones. Pero Glen se escapó como una anguila del asunto.

—Hace tiempo que no ves a tu familia, ¿verdad?

—Desde que estoy en la montaña... va a hacer cinco años.

—¿Hay agente nuevo?

—Sí —respondió Dyane—. Parece una buena persona. De momento tiene algo que nos agrada. No ha traído ayudantes. Dice que pueden ayudarle los mismos recluidos.

—Es un buen indicio, sí...

—Yo, que entro en la Reserva, he visto que los indios le estiman.

—Tiene otro buen detalle. En el almacén, que va a aprovechar del anterior, cobrará el mismo precio que él pague de cada cosa. Nada de negociar con ellos.

—Eso, ha sido una suerte. Pero hay a quien no le agrada esa manera de ser. Y ha prohibido que los indios entren en el fuerte.

—¿El coronel?

—¡Exacto! Cuando habla de los indios, lo hace con enfado. Suele decir que debieran ser colgados.

—¿Por qué permiten que militares con tanta graduación, enemigos de los indios, estén en cargos de tanta responsabilidad? ¿Lo saben en Helena?

—No creo que lo hayan hecho saber.

—Pues debieran dar cuenta...

Cuando Dyane estuvo a solas con Clifford, le dijo:

—Glen lleva una temporada muy preocupado. No me he atrevido a preguntar, pero no hay duda de que le pasa algo...

—Me ha dicho que han insistido en lo de nuestra parcela. Lo que le preocupa es la insistencia de los encargados de la construcción del ferrocarril. Pero le he tranquilizado, porque soy el nuevo director general de esas obras. Mi padre es uno de los principales financieros de ese complejo ferroviario. Me ha convencido en Helena, donde vino desde Chicago para hablar conmigo, de que me haga cargo de la jefatura de las obras. Lo que más preocupaba a Glen era la Reserva. Querían hacer pasar el ferrocarril por el centro de la misma. Sólo por el placer de perjudicar. He de estudiar el terreno con meticulosidad. Tal vez pueda pasar el ferrocarril entre la Reserva y nuestra parcela C.

—Es tu profesión, ¿verdad? —dijo Dyane sonriendo—. Cuando hiciste el plano de la parcela y construiste la vivienda, comentaron los de Helena que debías ser ingeniero. Glen dijo un día a mi padre que debías serlo. Si eres el director, tendrás que preocuparte de los jinetes que se adelantan a las obras visitando a los propietarios de terrenos afectados por las obras.

—¿Y cómo saben cuáles son esos terrenos?

—Digo lo que se comenta con mucho miedo.

—Pues que desaparezca ese miedo. Voy a ir a presentarme en Williston. Traigo la autorización de Helena a la entrada de los trabajadores en Montana. Autorización que ha costado en Helena el encarcelamiento de unos granujas, que llegaron a ofrecer un dólar por acre afectado, a cambio de que ellos consiguieran autorizaciones de los propietarios. Es decir, trataban de resucitar el sistema del Unión Pacífico. Sé

— 89

que voy a tener dificultades con los caballistas que han de estar preparando a tener autorización para entrar en Montana. Voy a necesitar la ayuda de los militares. Iré a hablar con Gordon.

—No se lleva bien con el coronel...

—Tendremos que pensar en trasladar a ese coronel.

—Es un hombre que puede crear una situación muy difícil por su odio a los indios. No debían enviar hombres como él para vigilar a esa pobre gente.

—Iré a hablar con los militares. Traigo un saludo del general para el coronel. En Helena no saben qué clase de militar es el coronel. Yo lo haré saber. De saberlo mi cuñado, habría solicitado trasladar a ese personaje.

—Ese traslado haría la felicidad de cientos de seres.

Clifford pidió a Glen que le acompañara en su visita al fuerte.

—No vas a encontrar la menor ayuda y facilidad. Y no te muestres amigo de los indios. El coronel los odia profundamente. Cualquier día va a crear una situación muy tirante y difícil. Menos mal que la gente no piensa como él. Las órdenes que tienen los militares no pueden ser más duras. Si se sorprende a un indio fuera de la Reserva, se le debe hacer volver a golpes de látigo. Va a crear una peligrosa situación, porque van a terminar por matarle.

Glen decidió al final quedarse en la vivienda de ambos.

—No quiero discutir con ese hombre.

Para el mayor, la visita de Clifford supuso gran alegría.

—Debes perdonar que escribiera a tu cuñado diciendo que andabas por aquí... Me habían hablado de su enorme preocupación porque hacía tiempo no sabían de ti. Aquello te lo habrán hecho saber, fue considerado como un acto de castigo justo.

—¿Así que fuiste tú? —dijo Clifford mirando a Gordon.

—¿No te lo ha dicho tu hermana?

—No me ha dicho una palabra... Yo pensé más en los ferroviarios. Supuse que me vio alguno que me conocía de los trabajos en que tomé parte...

—Pues fui yo...

FINAL

La visita de Clifford al coronel, no pudo ser más fría ni desagradable.

—Así —dijo el coronel a los pocos minutos de estar en el despacho Clifford— que es usted uno de los dueños de la célebre «parcela C».

—En efecto.

—Y a la vez director del ferrocarril que se va a tender por esta zona, ¿no?

—Así es.

—Supongo que la Reserva sería «bien tratada», porque se comenta que ustedes dos son amigos de esos indios cobardes.

—Más que amigos, les respetamos y no hay duda de que les estimamos a la vez.

—Si fueran ustedes militares, pensarían de otra forma. ¡Son muchos los militares que están enterrados por su culpa!

—¿Ha pensado alguna vez, coronel, en los muertos tenidos por ellos?

—¿Es que va a comparar unos con otros? ¡Tiene que estar loco! Y no cuente con los militares para nada que suponga beneficios para ellos. Voy a pedir que se lleven de aquí al agente que han enviado. Les dejaba incluso visitar el fuerte. ¡Si cazamos uno de esos perros en el patio...! Y si esos sucios perros crean dificultades a las obras, entonces sí, puede venir en busca de ayuda. ¡Haremos una buena matanza!

—Confío en no tener problemas de ese tipo. Si puedo evitar el paso por la Reserva, lo haré.

— 91

—¿Y perjudicar a respetables y dignos propietarios?

—Perdone, coronel, que le diga la gran torpeza que supone tenerle a usted en este fuerte tan cerca de una Reserva india.

—Lamento no poder acabar con todos sus amigos. No sabe la alegría que sería para mí.

—Vengo autorizado por Helena y por Washington para emplear mano de obra india, cobrando lo mismo que los demás operarios. Es una buena forma de ayudar al entendimiento de las dos razas.

—Le advierto que si lo hace así, serán tratados fuera de la Reserva como enemigos.

—Espero que para entonces, esté usted muy lejos de esta agencia. Porque le confieso que voy a pedir su traslado.

El coronel se echó a reír.

—Y yo le confieso que le voy a dar mucha guerra...

—Insisto en mi esperanza de que no pueda hacerlo.

El coronel, al marchar Clifford, dijo al mayor:

—Ya se que es un buen amigo suyo... ¡No sabe lo que dice! Ni la torpeza que ha cometido al hablarme en la forma que lo ha hecho. ¡Cuando le vea, hágale saber que no es grata su presencia en este fuerte! Prohibiremos, cuando entren en Montana los de ese ferrocarril, la presencia de esos trabajadores en el fuerte.

Gordon que sabía que estaba provocando el coronel una reacción negativa, no dijo nada.

—¿Cree que como jefe de este fuerte, lo puedo prohibir? —añadió el coronel—. Y más, si algunos operarios son indios. Les trataré como a enemigos que los considero.

Se encontraron Clifford y Gordon en la cantina.

—Este coronel es un salvaje —dijo Clifford—. Voy a pedir su traslado con carácter urgente.

—Me alegrará mucho que lo consigas. Va a ser una pesadilla de no trasladarle. Me ha hecho saber que debo decirte no eres grato en el fuerte.

—Mientras esté aquí procuraré entrar lo menos posible. ¿Son de confianza los de la Western?

—Le odian tanto como él a los indios. Pero no me pidas que te acompañe.

—No temas. Iré solo.

* * *

—¿Qué se sabe de ese director de las obras? Me refiero al ferrocarril.

—Dicen que fue a Williston. En donde tienen los directores su especie de «puesto de mando».

—¿Sabía, capitán, que es uno de los propietarios de esa parcela tan extensa?

—Lo han comentado en la cantina y en Glasgow. Fue una gran operación financiera. Parece que sólo en madera ha de pasar del millón lo que vale. Y son nueve millas de lado en el cuadro adquirido. Pueden alimentar millares de reses. No hay duda de que fue un acierto esa compra.

—Ahora, con el ferrocarril, hará que aumente su valor mucho más. Podrá levantar en sus terrenos estación, encerraderos y hotel. No le importará abandonar el trabajo.

—Han comentado en Glasgow y en el almacén de Lattimer que el padre de ese director es uno de los financieros de Chicago con más fortuna.

—¿Por qué estaba cazando! —Porque mató a unos cuantos que falsearon acciones de la compañía de la que el padre tenía gran mayoría... Creía que sería marcado en pasquines, y al saber que lo consideraron castigo justo, se ha quedado con los suyos.

—Pues yo le voy a dar mucha guerra...

El capitán no se atrevía a decir lo que estaba pensando. Varios días el coronel le recordaba que Clifford había llegado a decir que le iba a trasladar, y al recordarlo reía.

Pero ese día que hablaba con el capitán diciendo que le iba a dar guerra a Clifford, llegó un empleado de la Western y le entregó un telegrama oficial.

— 93

Frunció el ceño al abrir el telegrama y al leerlo arrugó furioso el telegrama exclamando:

—¡Cerdos cobardes! ¡Lo ha conseguido! ¡Maldito director! ¡Me trasladan! Lo que dijo ese cobarde que iba a conseguir. Y así ha sido. He de hacer entrega del fuerte a otro que se alegra de esto: al mayor Gordon.

Gordon iba hacia el coronel con un telegrama en la mano.

—¡No me diga nada! ¡Y puede reír de satisfacción! Me ordenan que le haga entrega del fuerte. Supongo que se alegra.

—No hay razón para esa alegría.

—¡No sea hipócrita, mayor!

—Yo no le he insultado, coronel. Usted lo está haciendo ante un inferior a los dos.

—Le haré entrega de todo. Soy el que desea escapar de aquí.

* * *

—¡Vaya mujer bella! —decían junto al mayor Gordon a la puerta de la cantina y mirando a la que acababa de bajar de la diligencia.

—Será una de las últimas diligencias antes de las grandes nevadas; ya tenemos el frío aquí.

—Parece que se queda aquí. Están bajando una maleta.

—Será familia de alguno de los que trabajan en el ferrocarril.

—Han avanzado bastante... Si fuera familia de alguno de ellos, habría seguido hasta Glasgow.

El mayor estaba atento a la viajera. Se sorprendió al ver que ella, con la maleta en la mano, hablaba con los de la posta.

Dejaba allí la maleta. Sólo por unos minutos, ya que entregó la maleta al conductor de la diligencia y ella subía de nuevo en el vehículo.

Se acercó el mayor a la diligencia y el de la posta le hizo señas para que se acercara. Al hacerlo dijo el de la posta:

—Esta dama pregunta por Glen Potter. Y le hemos dicho que debe seguir hasta Glasgow, por estar más cerca de la factoría de Lattimer.

El mayor habló con la viajera.

—Permita que recoja su maleta. Va a venir a casa. Mi esposa le hará compañía y haré venir a Glen. ¡Es gran amigo nuestro!

—¿Es cierto? —dijo ansiosa.

—Puede estar segura.

—¡Tanto tiempo sin saber de él! ¿Qué tal está?

—Muy bien...

—¡Qué locura hizo! Se lo habrá contado, ¿no?

—No dijo nada. Y le ruego no hable... El no ha querido que lo supiéramos. Debemos respetar su silencio...

—¿No está por aquí un tal Clifford Dawson...?

—Es el director del ferrocarril que se está construyendo.

—Es el que me ha escrito dándome cuenta de dónde está.

—¿Es posible...? ¿Clifford?

—¿Amigo suyo?

—Tanto como Glen. Ellos dos son socios...

—Lo confiesa el firmante de la carta. Ha encontrado unos papeles de Glen en una vivienda que hicieron ellos...

—La hizo Clifford. ¡Glen se enfadará mucho!

—No creo que se enfade tanto... Espero conseguir que venga conmigo a casa. Un hijo de tres años necesita conocer a su padre —dijo la forastera llorando.

La esposa de Glen, ya que era ella la forastera, se instaló en la vivienda de Gordon. La esposa de éste fue muy amable con Joan Potter.

A los tres días entró Glen en la vivienda de Gordon y se quedó paralizado y con el rostro sin sangre.

Fue Joan la que lanzando un grito histérico se abrazó a él.

Al fin, reaccionó Glen abrazando a su vez y besando a la muchacha.

—¿Cómo has sabido... tú...? —decía a Gordon.

—Clifford. ¡No sé cómo descubrió a tu familia...! ¡Y nada de volver a la montaña! Lo podrás hacer dentro de unos años, pero acompañado por tu hijo.

—¿Mi hijo? ¿Es verdad? —decía llorando y abrazado a su esposa.

—¡Es igual que tú...!

* * *

—¡Clifford! Carta de Glen... Está en San Louis. Le han hecho director del hospital. Nos pide que vayamos a verle. ¿Qué te parece?

—¡Ese maldito ferrocarril no me deja...! Así que Glen ha vuelto a lo suyo... Ya sabes lo que dijo Joan. Fue una tontería de él. Todos los doctores opinaron que no hubo error. Sólo la operación podía salvar a quien estaba condenado. Pero moriría de todos modos...

—Lo esencial es que hayan vuelto a encontrarse...

—Gracias a ti... No se enfadó por violar aquellos papeles que tenía en la casa escondidos. Y escribir a su familia. ¿Qué se sabe de Gordon?

—En Washington... Ascendió a teniente coronel.

—¿Y los trineos...?

—Se quedó Dyane con ellos y con los perros. Ella se casa con un ayudante de Clifford.

FIN